日文面試

一週完勝攻略

最完備情境式問答範例

作者 金恩廷／李在晙／池秞吏

譯殊／關亭薇

國家圖書館出版品預行編目（CIP）資料

日文面試一週完勝攻略：最完備情境式問答
範例 / 金恩廷, 李在晙, 池紳吏著. -- 初版.
-- 臺北市：寂天文化, 2019.12
　　面；　公分
　　ISBN 978-986-318-863-6（平裝附光碟片）

1. 日語 2. 會話 3. 面試

803.188　　　　　　　　　　108019572

日文面試一週完勝攻略：
最完備情境式問答範例

作　　者	金恩廷／李在晙／池紳吏
審　　訂	田中結香
譯　　者	黃曼殊／關亭薇
校　　對	洪玉樹
編　　輯	黃月良
排　　版	謝青秀
製程管理	洪巧玲
出 版 者	寂天文化事業股份有限公司
電　　話	+886-(0)2-2365-9739
傳　　真	+886-(0)2-2365-9835
網　　址	www.icosmos.com.tw
讀者服務	onlineservice@icosmos.com.tw

出版日期　2019年12月　初版一刷
郵撥帳號　1998-6200　　寂天文化事業股份有限公司
‧劃撥金額600元（含）以上者，郵資免費。
‧訂購金額600元以下者，請外加郵資65元。
〔若有破損，請寄回更換，謝謝。〕

序言

　　本書列出在 IT 產業、貿易、航空、機場、飯店等等日商企業面試時，可能被詢問到的**必備基本問題**，讓讀者能夠按照各主題與環節進行練習。同時**收錄真實面試現場的對話**，讓讀者能夠事先了解在實際面試場合中會碰到什麼樣的狀況。筆者撰寫本書的目的便是幫助所有需要以日文面試的讀者。

　　截至幾年前為止，基於種種原因，外國人並不容易在日本就業。但是近年在日本各行業領域，包含大企業、中小企業、旅遊、觀光、甚至是航空業，外國人的就業率都有增加的趨勢。日本在徵才方面放寬年齡與性別的限制，更加看重能力，選拔具備各類經驗的人才，為外國學生們敞開一扇就業的大門。

　　筆者們當年在參加求職活動時，對於日本當地企業或是本地日商的面試文化、面試問題等並不熟悉，也沒有相關書籍可供參考，也曾為此費盡心思。

　　即便是過了很多年的現在，仍難以找到一本能夠解決所有煩惱的面試書籍，因此筆者們便集結**擔任面試官的經驗**以及**過去所遭遇的困難**，共同撰寫本書，希望能幫助為日文面試苦惱的讀者們。

　　期許讀者能跟著本書一步步精準有效地準備面試，拉開與其他應徵者的距離，帶著獨門的面試絕招，成功擠進就業的窄門。

全體編者

目録

本書的架構與特色

章節首頁

各章節按照主題分門別類,簡單列出
面試重點問題。
讀者可以從此頁快速確認該章節的學
習內容。

其他問法

列出重點問題的其他提問方式,讓
讀者能事先掌握各式各樣的問法。

Unit

精選面試常考問題,將
同類型題目集結在一個
單元內,並附上多種答
題範例。

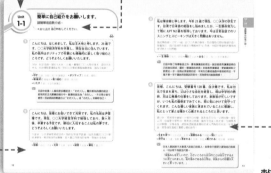

整理出面試必備技
巧、應答時會使用到
的日文單字和相關補
充說明,讓你離錄取
更近一步。

單字

特別整理出難度較高的單字,讓讀者
能順利唸出完整的回答範例。

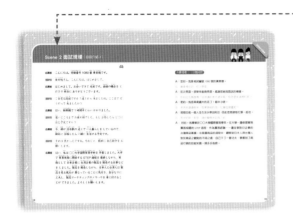

面試現場對話場景

「面試現場對話」是針對沒有面試經驗的應徵者所準備的單元。在此彙整前方所列出的回答範例，重現實際面試現場。

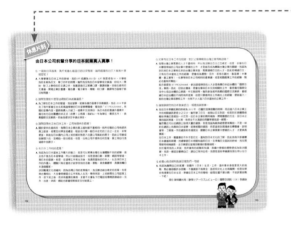

休息片刻

「休息片刻」單元彙整出在日本成功就業的前輩的就業經驗談、日本企業故事分享、以及在日就業技巧。

附錄

附錄包含「資料準備」篇：讓讀者直接動筆練習撰寫履歷；「面試準備」篇：包含面試前務必要熟悉的面試準備事項與面試禮儀；「面試實戰演練」篇：提供面試問題預測，並留下空白處，讓讀者可以親自填寫回答，進行面試演練。

本書以具備新日檢 N3 以上的程度、欲在日本就業，或是想應徵日商企業的讀者為對象。書中列出面試常考問題，同時精選出相對應的優秀回答範例。問題與回答皆採中日雙語對照，方便讀者挑選與自身相符的內容撰寫。附錄則包含從準備履歷資料的過程至面試實戰的技巧，供讀者擷取使用。

PART **1**

自我介紹

じ こ しょうかい
自己紹介

Unit 1-1 簡単<ruby>簡単<rt>かんたん</rt></ruby>に<ruby>自己紹介<rt>じ こ しょうかい</rt></ruby>を<ruby>お願<rt>ねが</rt></ruby>いします。

請簡單地自我介紹。

Unit 1-2 <ruby>自分<rt>じ ぶん</rt></ruby>を<ruby>説明<rt>せつめい</rt></ruby>してください。

請介紹自己。

簡単に自己紹介をお願いします。

請簡單地自我介紹。

換句話問　自己PRをしてください。

1

🎧001

こんにちは、はじめまして。私は王大地と申します。26歳です。○○大学経済学科を卒業し、現在台北に住んでいます。私の長所はポジティブで何事にも積極的に楽しく取り組むところです。どうぞよろしくお願いいたします。

您好，初次見面。我叫王大地，26歲。畢業於○○大學經濟系，現居住於台北。我的優點是積極正向，對於任何事都積極樂觀進取。請多多指教。

• **申す**：說；叫做（言う的謙讓語）　• **ポジティブ**：長處；優點　• **積極的**：積極地　• **取り組む**：埋頭；致力於　• **いたす**：做（する的謙讓語）

tip

日語中的第一人稱有很多種說法。「わたくし」屬於較為拘謹的說法，經常用於正式嚴肅的場合中。普遍的說法為「わたし」，不分男女皆可使用。因此面試時最適合以「わたくし」或「わたし」來稱呼自己。

2

🎧002

こんにちは、皆様にお会いできて光栄です。私の名前は尹雲瓊です。現在、○○大学経営学科で勉強しており、数ヶ月後、卒業する予定です。御社に入社することは私の夢です。どうぞよろしくお願いいたします。

大家好，今日很榮幸見到您們。我的名字是尹雲瓊。現正就讀於○○大學經濟學系，預定幾個月後畢業。進入貴公司是我的夢想。煩請多多指教。

• **皆様**：各位；大家　• **光栄**：光榮；榮幸　• **経営**：經營　• **御社**：貴公司

3

003

私は陳吉娜と申します。今年 23 歳で現在、○○大学の学生です。台湾で日本語の勉強をし始めましたが、一生懸命努力して既に JLPT N2 級を取得しております。今は日常会話でのリスニングとスピーキングは大きく問題はありません。

我是陳吉娜。今年 23 歲，是○○大學的學生。在台灣時已開始學習日語，勤奮努力，現已取得日本語能力測驗檢定 N2 合格。目前日常會話的聽與說都沒有太大的問題。

● **一生懸命**：努力、拼命　● **既に**：已經　● **おる**：在；有（いる的謙讓語）

> tip
>
> 日語中除了有尊敬語之外，還有謙讓語的用法。說話者使用謙讓語將自己的地位降低，屬於一種謙遜的表現。若能善用謙讓語，便能離錄取之路更近一步。但務必要留意的是，平常在日劇或遊戲中看到的用法，千萬不要一字不漏地用到面試回答中，否則很有可能被刷掉！

4

004

皆様、こんにちは。受験番号 128 番、白莎蘭です。私は台北で生まれ育ち、父は小さな会社を経営し、母は中学校の教師、兄は公務員の仕事をしております。*家族皆が忙しいですが、いつも私の面倒までみてくれ、常に気にかけて見守ってくれます。こんな優しい家族に恵まれていることに感謝し、私にとって家とは暖かく心癒されるところだと思います。

諸位好，我是考生編號 128 號的白莎蘭。我生長在台北，父親經營一間小公司，母親是中學教師，哥哥為公務員。雖然平日家人皆忙碌，但總是悉心地照顧、守護著我。感謝有這樣溫柔體貼的家人們為我的付出，對我來說，家是個既溫暖又療癒心靈的地方。

● **生まれ育つ**：出生成長、生長　● **面倒をみる**：照顧　● **常に**：經常　● **見守る**：守護；看顧　● **恵まれる**：受惠；受益　● **癒される**：被治癒；被療癒

> tip
>
> * 日本人面試時不太會深入談自己的家人，如果你不想深入提到自己的家人，可以用下列說法代替。
>
> 「家族みんな忙しいので、小さいころから自分のことは自分でするように育てられました。私の強みである自立性は、家族からの影響が大きいと思っています。」

13

自分を説明してください。

請介紹自己。

•換句話問 自分を1分間説明してみてください。

❶

🎧005

こんにちは、初めまして。安宥儒と申します。私は○○大学の
アジア文化学部を卒業しました。4年間の大学生活を通して
文化だけでなく日本語も学び、現在、日本人とコミュニケー
ションをとることに全く問題ありません。もし御社に入社す
ることができましたら、学んだ知識を業務に活用したいと思
っております。ぜひ、面接官の皆様にもう一度お目にかかり
たいと思っております。どうぞよろしくお願いいたします。

你好，初次見面。我叫安宥儒。畢業於○○大學的亞洲文化學系。透過四
年的大學生活，不僅文化方面，也學習日語。現在與日本人之間的溝通完
全無礙。如果能進入貴公司，我希望能夠將所學的知識，活用於工作上。
竭誠地希望能夠有幸再見到各位面試官。麻煩您們多多指教。

•～を通して：透過；通過 •学ぶ：學習 •全く：完全地；全然 •知識：
知識 •業務：業務；工作 •活用：活用；運用 •お目にかかる：見面；相
會（会う的謙讓語）

tip

中文姓名或是提到大學名稱等專有名詞時，可以採日文發音方式，讓面
試官一聽就懂。但是中文姓名有許多難以採日文發音的字，也可採中文
發音。另外在自我介紹時，講完姓氏後，建議先暫停一拍，再講名字，
才能讓對方聽得更為清楚。

例）陳怡君／黄秀蘭／台北大学／台湾大学

❷

🎧006

こんにちは。本日の面接に参加できて非常に光栄です。台北から参りました安宥儒と申します。大学時代には交換留学生としてアメリカに行ったことがあります。今はこつこつと日本語の勉強もしているので英語だけでなく、日本語にも自信があります。私はこのような自分の語学力と現場での経験を基に、御社で業務を行う上で全く問題ないと強い自信を持っております。どうぞよろしくお願いいたします。

您好，很榮幸能夠參加今日的面試。我是來自台北的安宥儒，大學時期曾以交換留學生的身分到過美國。目前也正努力地學習日文，因此不僅是英語，我對於日語也有自信。以我自身的外語能力及臨場經驗為基礎，我有相當程度的信心能夠勝任貴公司的工作。請多多指教，謝謝。

• 参加：參加　• 非常に：非常地　• 参る：來；去（行く、来る的謙讓語）
• 交換留学生：交換留學生　• こつこつ：孜孜不倦；精勤學習
• 行う：執行；舉行

tip

欲表達美國這個國家名稱時，口語中會使用「アメリカ」；書面語則是使用「米国」。

15

〔007〕

応募者 こんにちは。兪章備と 申します。よろしくお願いしま
す。

面接官 兪さん、こんにちは。今日の気分は どうですか？

応募者 本日は 自分の人生に とって 重要な日で少し 緊張も して
おりますが、 本日の面接を 楽しみに しておりました。

面接官 大学卒業を 控えていますね、今年、おいくつですか？

応募者 今年、28歳です。兵役と 語学研修で 大学の卒業が 少々
遅くなりました。日本に 語学研修に 行ったことが あるの
で 日常会話は 問題ありません。

面接官 それでは、簡単に 自己紹介を お願いします。

応募者 はい。私は ○○大学の国際学科を 今年2月に 卒業する
予定です。4年間の大学生活を 通じて 国際関係学、経済
関連の知識だけでなく、日本語も 身に付けることが で
き、現在は 日本人との コミュニケーションには 困ること
は ありません。このような ことが、今後の仕事にも 繋が
り、きっと 役立つと 思います。よろしくお願いいたしま
す。

A 應徵者　　B 面試官

A：您好，我叫俞章傭。請多指教。

B：俞先生你好。今天感覺如何？

A：今天是我人生中重要的日子，因此有點緊張，不過仍是相當期待今日的面試。

B：你即將大學畢業吧？今年幾歲呢？

A：今年 28 歲。因兵役及進修語言的緣故，所以大學畢業時間稍微晚了一點。我曾到日本進修語言，因此日常會話是沒有問題的。

B：那麼麻煩你簡單地自我介紹一下。

A：好的。我預定今年 2 月從○○大學國際學系畢業。透過四年的大學生活，我學習到國際關係學，經濟相關的知識。不僅如此，也學會了日語。現在與日本人間的溝通上沒有困難。我相信這會與日後的工作相互銜接，必定能夠有所助益。請多多指教。

Scene 2 面試現場（自我介紹 2）

応募者 こんにちは。受験番号 1080 番 黄素憶です。

面接官 黄素憶さん、こんにちは。はじめまして。

応募者 はじめまして。お会いできて 光栄です。面接の機会を くださり 本当に ありがとうございます。

面接官 ご自宅は高雄ですか？遠くから 来ましたね。ここまで どうやって 来ましたか？

応募者 はい、台湾新幹線（台湾高速鉄道）で 1 時間半くらい かかりました。

面接官 遠いところまで お疲れ様でした。もし 合格したら どこに 住む予定ですか？

応募者 今、姉が 淡水駅の 近くで 一人暮らしを しているので、御社に 合格したら 一緒に 生活する予定です。

面接官 それは 良かったですね。それじゃ、簡単に 自己紹介を お願いします。

応募者 はい、私は ○○大学国際貿易学科を 卒業しました。大学で 貿易実務に関係する課程を 履修しながら、実務として 日本企業に 台湾企業の製品を 販売する仕事などを しました。製品を 販売しながら、日本人と台湾人は 製品を見る 視点が 異なっていることに 気付き、自分なりに 工夫し、製品マーケティングのノウハウを 身に付けることが できました。よろしくお願いします。

A 應徵者　　B 面試官

A：您好。我是考試編號 1080 號的黃素憶。

B：黃素憶你好，初次見面。

A：初次見面。很榮幸能夠見面。感謝您給我面試的機會。

B：你府上在高雄嗎？從很遠的地方過來呢！你怎麼來這裡的呢？

A：是的。我搭乘高鐵大約花了一個半小時。

B：辛苦你遠道而來。如果錄取的話，打算住哪邊呢？

A：姐姐目前一個人住在淡水車站附近，因此若是錄取打算一起住。

B：那很好啊！那麼，請你簡單地自我介紹。

A： 好的。我畢業於○○大學國際貿易學系。在大學一邊修習貿易實務相關的課程，同時在實務經驗上一邊從事對日企業的台灣商品販賣。在販賣商品的過程中，觀察到日本人與台灣人對於商品之觀點的不同之處，自己下了一番功夫，掌握到了商品行銷的技能知識。請多多指教。

PART **2**

個人資訊

<ruby>個<rt>こ</rt></ruby><ruby>人<rt>じん</rt></ruby><ruby>情<rt>じょう</rt></ruby><ruby>報<rt>ほう</rt></ruby>
個人情報

お父様のお仕事は何ですか？

令尊的職業是什麼？

換句話問 ご両親のご職業を教えてください。

1
009

父は会社員で、母は主婦です。

父親是上班族，母親是家庭主婦。

tip

向對方敘述自己的父母、兄弟姊妹、身邊的人時，不需要使用尊敬語，請特別留意這一點。

例）・父（○）お父さん（×）・兄（○）お兄さん（×）

2
010

父は公務員として 40 年間働いておりましたが、今年、定年退職しました。

父親當公務員工作了四十年，今年屆齡退休了。

tip

退休：「退職」是指自願辭職離開公司。因此若想表示到了一定年齡後退休則是「定年退職」，運動員等自願辭職則是用「引退」。

3
011

両親は共にお店を経営しています。

雙親共同經營一家店。

tip

近年因為有歧視的爭議，故目前趨勢是不太會提及此類問題，但是仍有企業會詢問父母的職業。面試官提出此問題，有時只是單純為了開啟話題，並沒有其他意圖。但是有時則是為了確認應徵者是否在正常的家庭環境中成長，父母是否未任職於競爭對手的公司等。建議先掌握面試官的意圖後，再回答對方想聽到的答案。如果不問這個問題，其他可能的問法有：

Q：家族構成について教えてください。（請說說您的家庭成員。）

Unit 2-2

ご兄弟[きょうだい]はいますか？

你有兄弟姊妹嗎？

●換句話問 ご兄弟[きょうだい]は何人[なんにん]いますか?

1

🎧012

3人兄弟[にんきょうだい]の末[すえ]っ子[こ]です。兄[あに]と姉[あね]がいます。

我是三兄妹中的么子，有哥哥及姐姐。

● 末[すえ]っ子[こ]：老么；么子

tip
「兄弟[きょうだい]」是指兄弟姐妹，「 兄弟[きょうだい]」也可指兄弟；姊妹則是「姉妹[しまい]」，日文中並沒有表示兄妹的單字，因此會以「兄弟[きょうだい]」通稱。其他常見的說法還有「年[とし]の離[はな]れた妹[いもうと]が一人[ひとり]います。」、「いません。一人[ひとり]っ子[こ]です。」

2

🎧013

私[わたし]は一人[ひとり]っ子[こ]です。そのため、私[わたし]は両親[りょうしん]に中学[ちゅうがく]の頃[ころ]から色々[いろいろ]な活動[かつどう]に参加[さんか]させられました。そのような経験[けいけん]を通[つう]じて初対[しょたい]面[めん]の人達[ひとたち]とどうやって馴染[なじ]み、友達[ともだち]になれるのかを自然[しぜん]に身[み]に付[つ]けることができました。

我是獨生子，因此我的父母讓我從國中開始就參與各項活動。透過那些經驗，自然地培養如何與初次見面的人相處並成為朋友的能力。

● 一人[ひとり]っ子[こ]：獨生子/女 ● 〜を通[とお]して：透過；通過 ● 初対面[しょたいめん]：第一次見面
● 馴染[なじ]む：熟識；親近 ● 身[み]に付[つ]ける：掌握；養成

tip
依據厚生勞動省面試選考基本指導方針，有關家庭構成的提問是不適當的。因為此類問題與應徵者的適性能力無關，不成為是否錄取的標準。但是，面試時仍有可能會被問這類問題。面試官可能以閒談方式提問，或者根據職業別不同有時也會故意提問。基於保護隱私的觀點，可自行決定回答與否。如果不想要回答，可以說：

・申[もう]し訳[わけ]ございません。家族[かぞく]のプライバシーに関[かん]することですので、私[わたし]の一存[いちぞん]ではお答[こた]えしかねます。（抱歉，關於家人隱私，我不便回答。）

Unit 2-3

彼女 (彼氏) はいますか?

有女朋友（男朋友）嗎？

換句話問 恋人はいますか?

1
（014）

今はいませんが、就職できたら、友人に紹介してもらいたいです。

目前沒有，就職以後，希望朋友能幫我介紹。

• 就職：就業；就職　• 〜てもらう：請某人做〜

2
（015）

まだいませんが、好きな人はいます。就職したら彼女に告白するつもりです。

還沒有，不過有喜歡的人，打算找到工作後向她告白。

3
（016）

はい、います。3年付き合った彼女は小学校の先生です。私が就職して少し落ち着いたら結婚する予定です。

是的，有。女朋友是小學老師，已交往三年。預計在我找到工作稍微穩定後要結婚。

• 付き合う：交往　• 落ち着く：穩定下來；平靜；著落

4

この間、別れました。二人とも将来に対する考えが異なるため、お互いの夢のためにそれぞれの道で頑張ることにしました。

前陣子分手了。因兩人對未來的想法不同，決定各自朝自己的夢想努力。

- 別れる：分開；分離
- 対する：對於
- 異なる：不同；相違
- お互い：互相
- 頑張る：加油；努力

tip

此項問題涉及個人隱私，因此目前在日本當地幾乎不太會對此提問。但是如果在面試場合中被問到時，也許可以採「ご想像にお任せします（任由您想像）」輕鬆的方式回答，含糊帶過此問題。

或是真的不想回答，也可以說「申し訳ございません。プライバシーに関することですので、私の一存ではお答えしかねます。」

（抱歉，關於隱私方面我不便回答。）

自分だけのストレス解消法はありますか？

有自我紓解壓力的方法嗎？

⋯⋯⋯●換句話問 ストレス解消法について教えてください。

1
（018）

私は歌を歌ってストレスを解消します。大きな声で歌えば歌うほど気分が良くなります。

我會唱歌排解壓力，越是大聲地唱歌越能讓心情好轉。

● 解消：消解；排解　● ～ば～ほど：越～越～

2
（019）

私は運動をします。運動はストレスの解消にもなるし、ダイエットにもなります。

我會運動，運動能排解壓力，也能減肥。

3
（020）

私はストレスがたまると寝ます。睡眠をとることによって、すべての悩みを忘れることができます。

我只要感到壓力累積時就睡覺。透過睡眠，能夠忘卻所有的煩惱。

● ストレスがたまる：壓力累積　● 睡眠をとる：睡覺　● 悩み：煩惱；苦惱

4
（021）

ストレスがたまった時には美味しいものを食べます。お腹いっぱい食べたら気分転換になります。

壓力累積時就是要吃美味的食物，吃飽後心情也會跟著變換。

● お腹いっぱい：腹脹；飽　● 気分転換：轉換心情

お酒は好きですか？

喜歡喝酒嗎？

換句話問 あなたはよく飲めるタイプですか?

1
022

はい、好きです。焼酎 1 本くらいは飲めます。

是的，我喜歡。我可以喝一瓶左右的燒酒。

2
023

普通です。お酒を飲んだら雰囲気が和らいで、何でも素直に話せることができると思います。でも、飲み過ぎにはいつも気を付けています。

普通。我覺得喝酒可以讓氣氛緩和，什麼事都可以坦白直說，不過我會一直注意不要飲酒過量。

- **雰囲気**：氣氛 • **和らぐ**：放鬆；緩和 • **素直**：老實；坦率
- **～過ぎ**：～過量；太過～ • **気を付ける**：注意；小心

3
024

あまり好きじゃありません。ビール一杯でも、すぐ顔が赤くなります。

不怎麼喜歡，即使只是一杯啤酒，我馬上就臉紅。

27

4

🎧025

そんなに飲めるタイプではありませんが、お酒を飲む時の雰囲気が好きです。お酒を楽しめるとも言えます。

雖然我不是那麼會喝酒的類型，但喜歡喝酒時的氣氛，也可以說我是享受飲酒。

tip

通常在進公司一陣子後，才有可能碰到這個問題。若是在日本當地面試，幾乎不太會對此提問。但是如果你應徵的是與韓國、台灣有業務往來的職位，則有可能會被問到，因此建議事先準備。

Unit 2-6

あなたはリーダーシップがあると思いますか？

你認為你有領導能力嗎？

••• 換句話問 自分はリーダーシップがある人ですか?

1 🎧 026

私は高校の3年間ずっとクラスリーダーを務めました。その3年間の経験を通じてどのようにチームをまとめたり、引っ張ったりするかを身に付けることができました。

我高中三年都擔任班長。透過這三年的經驗，我學會如何統整、帶動團隊。

• まとめる：歸納；統整　• ～たり：動作反覆出現　• 引っ張る：拉；拖

2 🎧 027

私は自分がリーダーシップがある方だと思います。いつも前向きで明るい性格なので友達同士で意見が一致しないときは自ら先に問題を解決するようにしています。

我認為自己有領導能力，因為我總是正向開朗的性格，朋友之間意見不合時，我會率先出來解決問題。

• 前向き：積極　• ～同士：夥伴；同志　• 自ら：親自；親身

3 🎧 028

私はさほどリーダーシップがあるタイプだとは考えていません。ですが、いかに気持ちよく円満に他の人たちと馴染めるかを常に考えながら工夫して積極的に協力するようにしています。

我想我並不是那麼具有領導能力的類型，不過我經常思考如何能夠圓融地和他人相處，並積極地提供協助。

• さほど：並不那麼（＝それほど）　• いかに：如何；怎樣　• 円満：圓滿
• 工夫：下功夫　• 協力：協助

尊敬する人物について話してください。

請談談你尊敬的人。

換句話問 尊敬する人はいますか?

1

🎧029

私が最も尊敬する人は父です。過去30年間父は一日も欠かさず、仕事をしていました。幼いころは、なぜそんなに熱心に仕事ばかり頑張るのか理解できず、ただの仕事好きのお父さんだと思っていました。大人になった今だからこそ父は家族の幸せだけのために休まず、一生懸命働いてくれたことに気付きました。

我最尊敬的人是爸爸。過去三十年間，父親持續地工作，沒放過一天假。小時候，我無法理解為何他那樣地熱衷於工作，認為爸爸只是個工作狂。長大之後現在的我才體察到爸爸一心只為了讓家人幸福才不休息拚了命地工作。

• 最も：最　　• 欠かす：欠缺；缺乏　　• ～ず：不~；沒有~　　• 気付く：察覺
• 幼い：年幼的；幼小的　　• 熱心：熱心　　• 理解：理解　　• 幸せ：幸福

2

🎧030

私が尊敬する人物はヘレン・ケラーです。ヘレン・ケラーは数多くの障害にも挫けずに、障害者の教育や福祉の発展に貢献しました。困難に立ち向かう姿勢や他人のために行動する姿など、見習いたいと思っています。彼女の人生を通じて「天は自ら助くる者を助く」という言葉の意味をよく理解するようになりました。彼女は私の人生において大きな師です。

我尊敬的人物是海倫凱勒。海倫凱勒不受挫於自身多重的障礙，為身心障礙者的教育及福祉做出貢獻。我想效法她不向困難低頭的態度，以及為他人付出的姿態。透過她的人生，我理解到「天助自助者」這句話的意義。她是我的人生中的重要導師。

• 挫ける：受挫；消沉　　• 福祉：福祉　　• 立ち向かう：對抗；抵抗

③

🎧031

去年、ボランティア活動で簡さんという 50 代の男性と知り合いました。彼は自身の体が不自由にも関わらず、ボランティアグループを組んだり、色んな場面で活動を続けています。簡さんのライフスタイルは私の世間に対する見方を変えてくれました。私は彼のように自分の中で今できる事を探すように努力しています。カンさんは私の人生の中で最も尊敬する人物です。

去年在志工活動中認識了一位 50 多歲男性簡先生。儘管他身體不方便，他仍籌組義工隊，持續投入在各個活動中。簡先生的人生觀改變了我對世間的看法。我想努力向他一樣，向內找尋當下自己能做的事。簡先生是我人生中最尊敬的人物。

- ボランティア活動：志工活動
- 不自由：不自由；不方便
- ～にも関わらず：儘管…還是
- 組む：組織；組合
- 場面：場面；場景
- 世間：世間；社會

tip

日本人通常會避免使用帶有歧視意味的用語。舉例來說，雖然有「障害者（身心障礙者）」的說法，但是建議使用「お身体の不自由な方（行動不便者）」較為適當。

由日本公司前輩分享的日本就業真實情報！

Q. 我沒有去日本留學過也沒關係嗎？

A. 是的，就算沒有留學經驗也可以，是否有留學過並非面試工作的必要條件。如果有在日本當地工作的經驗，可能多少有點幫助。但是如果有留學經驗，卻沒有具備一定的日文實力，反而會變成扣分項目。

Q. 要具備像日本人一樣的日文能力才能就業嗎？

A. 並非如此。若能像日本人一樣說出一口流利的日文，的確能引起面試官的注意，但這並非面試的評分標準。如果沒辦法讓面試官留下「這是我們公司想要的人才」的印象，就算擁有再流利的語言實力，也不具任何意義，僅是虛有其表罷了。有很多人的日文不夠流利，卻也成功被錄取。

另外，也有很多人在進公司之後，不光是紙上談兵，而是努力用實力去證明，創造出美好的結果。因此不管到哪裡，語言終究只是表達自己想法和業務能力的一種工具而已。如果你沒有東西可以講，語言便毫無用武之地。

Q. 我畢業於專科學校的機械工程學系。請問日本企業針對專科學校和四年制大學畢業生的就業選拔標準是否不一樣？

A. 選拔標準本身並沒有差異。以應徵技術類工作來說，如果專科學校畢業的學生，能與四年制大學畢業生的能力並駕齊驅，表示是在更短的時間內具備專業能力，便能獲得更高的分數。反之，四年制大學的畢業生，學習的時間更長，就要拿出相對應的成果。

Q. 在日本企業工作，會同時使用英文和日文嗎？

A. 每間公司的狀況不太一樣，基本上會以日文為主。如果同時使用英文和日文，反而會造成混淆，因此有些公司會分成第一語言、第二語言來使用。舉例來說，撰寫合約時，會先以日文合約書簽約，再附上英文合約書當作參考用。

Q. 在日本企業工作的話，會提供當地的住所嗎？

A. 一般不會提供住處，但是如果是在工廠工作（技術職、研究員等），則會提供宿舍或是住處，我認為這點比台灣的制度完善。如果從事的是市中心的辦公室事務職，並不會提供住處，更不用期待會提供宿舍。雖然最近日本面臨缺工潮，提供赴日就業外國人短期住宿的公司（特別是 IT 相關公司）逐漸增加，但是仍舊不普遍。

Q. 我想知道日本企業是否有年齡限制。

A. 並沒有特別的年齡限制。如果年紀稍長，就要特別強調過去的經驗能對公司有所幫助。「雖然有業務能力，但之前都待在家裡，沒有明確的目標」，像這樣的話是絕對不會被錄取的。
日本當地公司看重的不僅是能力，更喜歡風趣且擁有獨特（ユニーク）經歷的人。年紀大並不是缺點，如果能表達出自己沒有虛度光陰，以及從過去失敗中所獲取的教訓，取得面試官認同的話，便能獲得不錯的分數。

Q. 我想知道前輩在日本企業就職的獨有戰略為何？

A. 我認為如果有自己擅長的領域，就算和工作內容沒有直接關係，也對求職有所幫助。日本相當流行「マニア」文化，指的是熱衷於某一件事。就連較為年長的人，也有自己特別熱衷的領域。「マニア」帶來許多正面影響，像是職場上與他人的和諧相處、交流，由彼此擅長的領域衍伸出的創意發想等，都對工作有所幫助。大部分的人對日本公司有著做事一板一眼的刻板印象，但是稍加了解之後，便會發現新世界。

Q. 對想到日本公司就業的求職者們的建議是？

A. 日文只是一項工具。如果日文很好，當然是最好，但是絕對不是必備條件。日本企業特別重視面試者是否能對迄今所度過的時光坦誠以對。同時，若能以自己獨有的方式展現自己的實力和經歷，一定能獲得好結果。

PART **3**

性格及人生觀

せいかくおよ　　じんせいかん
性格及び人生観

Unit 3-1 あなたは友人は多いですか?

你的朋友多嗎？

Unit 3-2 あなたは友人にどう評価されていますか?

朋友對你的評價如何？

Unit 3-3 ご自身の短所と長所について話してください。

請說明您的缺點和優點。

Unit 3-4 あなたの短所を克服するためにどんな努力をしますか?

為了克服你的缺點，你會做什麼努力？

Unit 3-5 今までで、一番辛かった時はいつですか?
それをどのように乗り越えましたか?

至今最痛苦的經歷是什麼時候？你如何跨越它？

Unit 3-6 あなたの人生のモットーは何ですか?

你的人生座右銘是什麼？

Unit 3-7 もし、明日地球が滅亡するなら、今日は
何をしますか?

如果明天地球將要毀滅，今天會做什麼？

Unit 3-8 あなたが好きな一言は何ですか?

你最喜歡的一句話是什麼？

あなたは友人は多いですか？

你的朋友多嗎？

• 換句話問 あなたは友人が何人いますか?

1

〔032〕

私には仲がいい友人が何人かいます。彼らは、私が困ったときには迷わず助けてくれる存在です。

我有幾個關係很好的朋友，他們在我有困難時會毫不猶豫地幫助我。

2

〔033〕

私は比較的友達が多いほうだと思います。これは私の明るい性格と関係あると思いますし、人間関係は悪くないほうだと思います。

我想我是屬於朋友相對多的那一方。這和我爽朗的個性有關係，我認為我的人際關係還不差。

3

〔034〕

私の周りにはいい友達がたくさんいます。みんな、揃えば、常に話題が絶えないし、お互いにどんな悩みでも打ち明けられる真の友達です。

我身邊有許多好朋友。大家聚在一起的話，經常是話題不斷，是無論什麼煩惱都能對彼此訴說的真心朋友。

• 揃う：聚集；到齊　• 絶える：終了；斷絕　• 打ち明ける：推心置腹；吐露
• 真：真的；真實

4

〔035〕

友達がそれほど多い方ではないのですが、私の友人は、最も助けが必要なときに手を差し伸べてくれます。友達は多いよりも、腹を割って話せる親友がいることが大切だと思います。

雖然我並不是有非常多朋友，但我的朋友在我最需要幫助時會對我伸出援手。我認為朋友不在多，在於有能敞開心胸談話的好朋友比較重要。

• 差し伸べる：伸手；伸出　• 腹を割って話す：敞開心胸談話

あなたは友人にどう評価されていますか？

朋友對你的評價如何？

● 換句話問　あなたはまわりの人からどう見られていると思いますか?

1

036

私は友人たちから人をまとめる能力があると評価されていると思います。意見が一致しない時や、話が上手く通じないと思った時にはまとめ役を任されたりします。

我的朋友認為我有統合人的能力。在大家意見不同，或認為無法順利溝通時，會委託我做統合的任務。

● 能力：能力　● 役：任務；職責　● 任す：託付；委託

2

037

友人たちは私がユーモラスで話上手だと思っているようです。友達と話をするときはいつも興味深い話題を見つけ、話を面白くするので、みんな私とのおしゃべりが好きだとよく言います。

朋友們似乎認為我幽默而且健談。和朋友聊天時，我總是會找出有興味的話題，讓談話變得更有趣，因此大家常說喜歡和我聊天。

● 興味深い：饒富興味；頗有意思　● 見つける：發現；找到

● おしゃべり：聊天

3

038

私は友人たちから頼れる人だとよく言われます。友人たちは悩みごとがあったら私に打ち明けることが多く、私はよく相談に乗ってあげたり、意見を出して彼らを励ましてあげたりします。

朋友常說我是個能夠讓人依靠的人。朋友有煩惱常會向我傾訴，來找我商量，我會給予他們意見及鼓勵。

● 頼る：倚靠；憑藉　● 悩みごと：煩惱

● 相談に乗る：對他人商量之事給予回應　● 励ます：鼓勵；勉勵

37

ご自身の短所と長所について話してください。

請說明您的缺點和優點。

● 換句話問 あなたの短所と長所は何ですか?

1

🎧 039

私は率直でさばさばしている性格だと思います。ですが、時々思わず、相手のプライドを傷つけたりすることもあります。ですので話をする前にもう一度考えてから話すように気を付けています。

我的個性坦率直爽，但有時會不小心傷害了對方的自尊心，因此我會盡量注意說話前多思考一遍再說出口。

● 率直：坦率；直爽　● さばさば：爽朗；率直　● 思わず：不經意；無意識地
● プライド：自尊　● 傷つける：傷害；損壞

2

🎧 040

私はコミュニケーション能力が比較的優れていると思います。新しい環境や同僚にすぐ、馴染める自信があります。

我認為我的溝通能力比較起來說算是出色，我有自信能夠很快融入新環境及同事。

● 優れる：出色；優異　● 環境：環境　● 同僚：同事

3

🎧 041

仕事をする時の高い集中力が私の長所でもあり、短所でもあると思います。仕事をするときにはいつも集中して仕事に没頭するタイプで、少ない努力でも大きな成果を得ることができますが、一方では一つの事に没頭し過ぎると、時には周りに気を配ることができないこともあります。

我認為工作時的高度專注力是我的優點，同時也是缺點。工作時我總是很專注埋首於工作中，即使略少的努力也能獲得很大的成果。不過另一方面，太過於專注於某一個事項，有時候會無法顧及周遭狀況。

- 没頭：埋首；專心致志　• 得る：獲取；得到
- 気を配る：顧及；注意；在意

PART 3
Unit 3-3

請說明您的缺點和優點。

4

🎧 042

私は一度自分で始めたことは最後まで終えなければならないと思います。もし、やらなければならないことを、締め切りまでに終えられないと、自分が無責任な人間の気がして、罪悪感さえ感じてしまいます。「今日できることを明日に延ばすな」という言葉をモットーにいつも努力しています。

我只要一開始做就一定會貫徹始終。萬一必須做的事到截止時間前都無法完成的話，我會覺得自己是個沒有責任感的人，甚至有罪惡感。我以「今日事，今日畢」這句話為座右銘，無時無刻都持續努力著。

- 最後：最後　• 終える：結束；完成　• 気がする：感到；覺得
- 延ばす：推遲；延長　• モットー：座右銘

あなたの短所を克服するためにどんな努力をしますか?

為了克服你的缺點，你會做什麼努力？

• 換句話問 あなたの短所を克服するためにどのようなことをしていますか?

1 〔043〕

私は恥ずかしがり屋です。それで人前に立つと恥ずかしくてなかなか上手く話せないことも多いです。上手に話せるように普段は色んなサークル活動などに参加したり、できるだけ多くの人と交流するようにし、初めて会う人にも自ら先に話しかけるようにしております。

我是個害羞的人。因此一站在人前就感到害羞，經常說不好話。為了能夠說得好，我平常會參加各種社團活動等，盡可能地和許多人互動，對於第一次見面的人也盡量自己先開口和對方攀談。

• 恥ずかしがり屋：害羞的人；靦腆的人　　**• 普段：**平常　　**• 交流：**交流

2 〔044〕

私は比較的単純で、人をすぐに信じる傾向があり、騙されることもあります。そこで、何かを決めるときは信用できる友人にアドバイスをもらったりしております。

我的個性比較單純，因此常會輕易相信他人，也曾有過受騙的經驗。所以在做決定時，會找信得過的友人尋求建議。

• 傾向：傾向　　**• 騙す：**欺騙　　**• 信用：**信賴；信任
• アドバイス：建議；忠告

3 〔045〕

時には余りに率直な性格のせいで、他人に嫌われたりもします。それで話す前には慎重に考えた上で発言するようにしております。

偶爾會因為我過於率直的個性而被他人討厭，所以說話前我會盡量慎重考慮過後再發言。

今までで、一番辛かった時はいつですか？
それをどのように乗り越えましたか？

至今最痛苦的經歷是什麼時候？你如何跨越它？

1 🎧046

高校の時、父の会社が倒産してしまった時です。以前はわがままで金遣いも荒かった私がそれをきっかけにアルバイトをして自分でお小遣いを稼ぎ、節約も習慣づけました。

是高中時期父親公司倒閉的時候。以前的我任性且花錢不知節制，在那之後我靠打工自己賺零用錢，也養成節儉的習慣。

- 倒産：倒閉；破產
- 金遣い：花錢
- 荒い：粗暴的；超越分際的
- お小遣い：零用錢
- 稼ぐ：賺錢；謀生
- 習慣づける：養成習慣

2 🎧047

センター試験での失敗が人生の中で一番辛かったときです。その時は悪いことばかり考えて落ち込んでおりました。その後、学校と専攻を冷静に選んだ末に希望していた大学に合格し、失った自信も取り戻すことができました。

大考失敗是我人生中最黑暗的時期。那時腦子裡想的都是負面的事，意志消沉。後來冷靜地選擇學校及主修，最終考取了自己的志願，也找回了失去的自信。

- 落ち込む：消沉；低落
- ～た末：最終
- 失う：丟失
- 取り戻す：取回

③ 🎧048

人生の中で一番乗り越えがたいと思ったことはフルマラソンに参加したことです。最初は単純に長距離をひたすら走るだけでいいと思っていましたが、走るにつれて諦めたくなり、動くこともできませんでした。ですが、最後まで諦めずに頑張った末に、コースを完走することができました。そのマラソンを通じて自分の限界を乗り越えたような気がして誇りに思っています。

人生中覺得最難以跨越的是跑全馬時。一開始只單純地認為只要一個勁地跑完長距離就好，但跑著跑著開始想放棄，動都動不了。但是最終我還是沒有放棄，努力地跑到終點。這場馬拉松使我覺得超越了自己的界限，我感到自豪。

- **乗り越える**：超越；跨越；克服　**ひたすら**：只顧；一味地
- **諦める**：放棄　**誇りに思う**：覺得自豪；感到驕傲

あなたの人生のモットーは何ですか？

你的人生座右銘是什麼？

---•換句話問 あなたの人生観について教えてください。

1

🎧049

楽しく自由な生活を送るライフスタイルを求めるのがの私の人生観です。そのために常に積極的でポジティブな態度で物事を考えるようにしています。

尋求愉快而自由的生活方式就是我的人生觀，為此我盡量讓自己時時保持積極的態度來看待事情。

• 生活を送る：過生活 • 求める：尋求；請求；要求 • 物事：事情；事項

2

🎧050

私の人生のモットーは「早起きは三文の徳」です。働き者こそ、いい成果を得ると信じているからです。

「早起的鳥兒有蟲吃」是我的人生座右銘。因為我相信勤奮的人才能收穫好的成果。

• 働き者：勤勞的人；能幹的人 • ～こそ：正是；才是

3

🎧051

私は「楽しみ」こそが幸せな人生の最も重要な条件であり、楽しく生きる人こそ人生の楽しみ方を正しく知っているのではないかと思います。それで私は積極的に前向きな姿勢を保つように頑張っております。

我認為「樂趣」是幸福人生中最重要的條件，樂在生活的人才能正確地懂得人生的享樂之道不是嗎？因此我努力讓自己保持積極正向的態度。

• 正しい：正確的；恰當的 • 姿勢：姿勢；態度 • 保つ：保持；保全

4

052

私は何事にも責任感を持って取り組まなければならないと思っています。強い責任感がなければ、何も成し遂げることができないと思うからです。私は責任感が強い人になりたいです。

我認為無論做什麼事都必須要負責任地去做，因為若缺少強烈的責任感的話，什麼都做不成。我想成為有富有責任感的人。

• 成し遂げる：完成；實現；達到

tip

建議平時就要記下喜歡的名言佳句或俗諺的日文講法。如果當場直翻成日文的話，語意可能會不夠通順。因此若能事先掌握日文的講法，有助於直接應答。

另外，若有尊敬的人物，也建議事先查好其姓名的日文發音。

もし、明日地球が滅亡するなら、今日は何をしますか？

如果明天地球將要毀滅，今天會做什麼？

換句話問 明日、世界が滅びるとしたら、あなたは今日、何をしますか?

1

053

もし、明日地球が滅亡するなら、トラブルやパニックを避けるため誰にも言わずいつも通り過ごすと思います。でも家族と友人には私がどれだけみんなのことが好きなのかをメールで伝えたいと思います。

如果明天地球將要毀滅的話，為了避免製造麻煩及恐慌，我想我不會對任何人說，就和平常一樣地過。不過我想我會透過電子郵件告訴我的親友，我有多麼愛他們。

• 避ける：避免；防備；躲避 　• 過ごす：度過；消磨 　• どれだけ：多麼地

2

054

明日、世界が滅びるとしたら、まず、家族と友達に電話をかけて最後の挨拶をします。そして高級レストランで美味しいものをたくさん食べて、普段は高くて買えなかったブランド品を買いたいと思います。

如果明天是世界末日，首先我會打電話給家人及朋友做最後的道別。接著想到高級餐廳享受一頓美食，買平常買不下手的昂貴名牌商品。

• 滅びる：毀滅；滅亡

3

055

人生の中で一番きれいで記憶に残っている場所で大好きな人達と最後を送りたいです。

我想在人生記憶中最美麗的地方，和最喜歡的人們度過最後的時光。

あなたが好きな一言は何ですか？

你最喜歡的一句話是什麼？

• 換句話問　あなたが好きな言葉は何ですか?

1

056

私は「夢」という単語が好きです。夢は私の人生に希望を与えてくれる言葉だからです。

我喜歡「夢想」這個字，因為夢想這個字給了我人生的希望。

• 与える：給予；賜與

2

057

私は「No pain, No gain」という言葉が好きです。何もかもがタダで得られることはないです。努力したからこそ得るものが多いと思います。

我喜歡「No pain, No gain」這句話。沒有什麼是能夠平白無故得到的，正是因為努力才能獲得更多。

• タダ：免費；徒然

3

058

私は「失敗は成功の元」という言葉が一番好きです。人生というのは上手くいくことよりも失敗することの方が多いと思うからです。失敗を経験し、その失敗に向き合ってこそ成功を味わうこともできると思います。

我最喜歡「失敗為成功之母」這句話。因為所謂的人生就是失敗的多成功的少。將失敗作為經驗，面對失敗才能品嘗成功的箇中滋味。

• 上手くいく：順利進行　• 向き合う：正面面對　• 味わう：品味；享受

Scene 3 面試現場（日本當地公司）

059

面接官 どうぞ お入りください。

応募者 失礼いたします。受験番号 321 番 趙宥瑜です。

面接官 どうぞ お座りください。

応募者 はい、失礼します。

面接官 遠くから 来ましたね。大変じゃなかったですか？

応募者 いいえ、このように 面接に 参加できて とても 光栄です。

面接官 日本語が 上手ですね。日本に 留学しましたか？

応募者 ありがとうございます。残念ながら 日本に 留学したことは ありませんが、日本の文化に 興味が あり、ドラマや 映画のセリフを 覚えたり しながら 勉強しました。

面接官 当社に 入社したら、お住まいは どうする予定ですか？

応募者 はい、御社には 住宅補助が あると お聞きしましたので、アパートを 借りようと 思っています。

面接官 日本で 生活することには 問題ありませんか？

応募者 はい、全然 問題ありません。日本は 台湾と 近く、食べ物や 文化も 似ているところが 多いので 心配ありません。

A 面試官　　B 應徵者

（敲門）

A：請進。

B：不好意思打擾了。我是考試編號 321 號的趙宥瑜。

A：請坐。

B：是，失禮了。

A：你從很遠的地方過來吧！辛不辛苦啊？

B：不會。能夠來參加面試我感到非常榮幸。

A：你的日語很流利。在日本留學過嗎？

B：感謝稱讚。很遺憾我沒有在日本留學的經驗，不過我對於日本
　　文化有興趣，靠著記連續劇或電影台詞學的。

A：進入公司後，住處打算怎麼辦呢？

B：是，我聽說貴公司有住宅補助，所以想租公寓房子。

A：在日本生活有沒有什麼問題？

B：是，完全沒有問題。因為日本離台灣近，飲食及文化等有很多
　　相似之處，所以我不擔心。

NOTES

PART **4**

校園生活

がっこうせいかつ
学校生活

高校時代に一番好きな科目は何でしたか？

高中時代最喜歡的科目是什麼？

換句話問 高校時代、一番興味があった科目は何ですか?

1
060

私は日本語の授業が一番好きでした。特に日本語の単語を暗記するのが好きです。

我最喜歡日文課。特別喜歡背日文單字。

2
061

化学の授業が好きでした。それで大学での専攻も化学工学を選びました。

最喜歡化學課。因此大學的主修也選擇了化學工程。

3
062

私が好きだった科目は歴史です。私が産まれる前の世界の出来事に興味があります。

我喜歡的科目是歷史。我對於我出生前世界上發生的事有興趣。

4
063

私は数学が好きでした。数学の問題はいろいろ考えた末に正確な答えを導き出せるからです。

我喜歡數學。因為數學問題可以經過各種思考過後導出正確的答案。

• 導き出す：導出；推導

5
064

私は幼いころから外国語が好きでした。外国語を習えばその国の文化をよく理解することができるからです。

我從小就喜歡外語。因為學習外語可以深入了解該國的文化。

一番記憶に残る先生はいますか？

是否有印象最深刻的老師？

● 換句話問　一番印象に残った先生はいますか?

1

高校3年の時の担任の先生だった白仲民先生が印象に残っています。国語を教えてくださった先生で、学生たちに「成績だけが一人の人間の人生を評価する基準ではない」など、人生に役立つアドバイスをしてくださいました。

高中三年級時的級任導師白仲民老師讓我印象深刻。老師教我們國文，她說出「成績不是評價一個人人生的標準」等美言佳句，給予學生們許多對人生有助益的意見。

● 担任：擔任；導師　● 印象に残る：留有印象　● くださる：給我；為我做…
（くれる的尊敬語）　● 基準：基準；標準　● 役立つ：有益；有用

2

私は日本語の先生が一番記憶に残っています。先生の面白い授業のおかげで日本語が好きになり、大学でも日本語を専攻することにしました。

我對日語老師記憶最深。多虧老師生動的教學讓我變得喜歡日語，大學也選擇日語為主修。

● おかげ：多虧…；拜…所賜

3

私は地理の先生が一番記憶に残っています。先生はいつも相談に乗ってくださり、辛いときにはいつも私たちの身になって暖かく見守ってくださいました。

地理老師讓我印象最深。老師總是在我們需要時給予建議，難過時也總是設身處地替我們著想，溫暖地守護著我們。

● 辛い：艱辛的；難受的　● 身になる：設身處地　● 暖かい：溫暖的

大学の専攻は何ですか？

大學的主修是什麼？

換句話問　あなたは大学で何を専攻しましたか?

1

068

私は日本語を専攻いたしました。日本語だけでなく、日本の経済と政治全般に関する知識も身に付けました。

我主修日語。不僅僅是日語能力，我也掌握了日本經濟及所有和政治相關的知識。

2

069

私は観光学を専攻いたしました。学校で学んだ役立つ知識を業務に活かしたいと思っております。

我主修觀光學。我希望能夠將學校所學的有用知識運用在工作上。

• 活かす：活用；運用

3

070

私は経済学を専攻しました。台湾経済の発展状況だけでなく、海外市場に関する実務学習を通じて外国の発展状況も理解することができました。

我主修經濟學。不只是台灣經濟的發展狀況，我也透過海外市場相關的實務學習，了解海外的發展狀況。

4

071

私はエアラインビジネスを専攻いたしました。機内マナーはもちろん、航空業界全般にわたる知識、航空実務、外国語も身に付けることができました。

我主修航空商業經營。除了機上禮節，所有航空業界的知識、航空實務，甚至於外文也都學習到了。

• わたる：範圍廣；遍及

専攻を選んだ理由は何ですか？

選擇主修的理由是什麼？

換句話問 専攻を選択した理由を教えてください。

①
🎧 072

中学時代、学校で放送部員として活動した経験があります。その経験を通じて私は人前で話すことに興味を持ちました。それで大学の専攻も放送学科を選択しました。

中學時期我曾經在校內以廣播社員身分參與活動，透過這樣的經驗，我對於在大眾面前說話感到有興趣，因此大學也選擇了廣播學系為主修。

• 興味を持つ：感興趣

②
🎧 073

幼いころからパソコンに夢中になるときが多かったです。特にパソコンが壊れて、自分で直した時は、とても嬉しかったです。その理由からコンピューター工学を専攻することになりました。

小時候我經常沉迷在電腦的世界中。尤其是電腦壞掉我卻自己修好的時候，我特別開心。由於這樣的理由我選擇了主修資訊工程。

• 夢中：入迷；沉迷　　• 壊れる：損壞；故障

③
🎧 074

高校時代から経済学が好きでした。経済学の授業で台湾の経済政策を理解できるというのも私が経済学科を選んだ理由の一つです。

我從高中時代開始就喜歡經濟學，透過經濟學的課程可以學習到台灣經濟政策，這也是我選擇經濟學系的理由之一。

4

075

私は外国語を勉強するのが好きで英語を専攻し、日本語を副専攻しました。

我喜歡學外文，因此選擇主修英語，副修日語。

5

076

社会発展と共に国際経営学を専攻する学生たちが多く必要とされると思い、国際学を専攻いたしました。

我認為社會發展的同時，會需要許多主修國際經營學的學生，因此我選擇國際學為主修。

6

077

私は幼児教育学科を卒業しました。幼いころから子供が大好きで、幼児教育を選択いたしました。その専攻で子供たちとの接し方やコミュニケーションのし方などを学び、私自身ももっと優しくなった気がします。

我畢業於幼兒教育學系。從小我就非常喜歡小孩，因而選擇了幼兒教育。從主修課程中學習孩子的對待方式與溝通方法等，我覺得自己也變得更溫柔了。

• 接し方：對待方式；相處方法

大学時代、あなたの成績はどうでしたか？

大學時代的成績如何？

1 078

あまりよくありませんでした。ですが、その分、色んな場面で社会経験をしたので後悔はしていません。

不太理想。不過我在各種場合有許多的社會經驗，所以我不感到後悔。

• 後悔：後悔

2 079

良かった方だと思います。学生時代に色んなことに参加しましたが、一生懸命努力していい成績を収めることができました。

我認為還不錯。雖然學生時期參與了許多事，不過我非常努力也獲得了良好的成績。

• 収める：獲得；取得

3 080

成績はよくなかったかもしれません。それは反省しています。でも、海外のボランティア活動に参加することで人を助けることの大切さややりがいを感じましたし、外国語の勉強もできました。

成績可能不算好，這部分我正在反省。不過我透過參加海外志工活動，感受到幫助人的重要性及價值，也學習到了外語。

• 助ける：幫忙；援助　　• 大切さ：重要性　　• やりがい：做～的意義；價值

大学時代、サークル活動経験はありますか？

大學時代有參與社團活動的經驗嗎？

● 換句話問 大学生の時、クラブ活動経験はありますか?

1

🎧081

私は大学時代、学校のボランティア活動に参加しました。老人ホームを訪ね、介護をしたことがあります。最初はお互いにぎこちなかったですが、すぐ親しくなって家族のようになりました。最後に帰ろうとした時は手を握ったままはなしてくれなくて困った記憶があります。私も別れるときには胸が痛みました。この数年間のボランティア活動は他人との人間関係の大切さを教えてくれました。

大學時代，我參加了學校的志工活動。曾經到訪老人之家照顧長者。剛開始有點彆扭，不過馬上就熟悉起來像家人一樣。我還記得最後要回家時，他們握了我的手之後不肯放手，讓我感到困窘的事。離別時我也感到心痛。這幾年的志工活動教會了我與他人間人際關係的重要。

● 老人ホーム：老人之家；安養院 ● 訪ねる：探訪；造訪
● ぎこちない：生硬的；不靈活的 ● 手を握る：握手 ● 胸が痛む：心痛

2

🎧082

大学に通いながら、私はスポーツのサークル活動をしました。毎週日曜日にサッカー、野球、水泳などをしながら学期ごとに一つの運動を習うことを目標としました。3年間のサークル活動を終えた今は大体のスポーツができるようになりましたし、健康にも自信があります。

念大學時我參與運動社團的活動。每個週日踢足球、打棒球、游泳等，以每一學期設定學習一種運動為目標。三年的社團活動結束後，現在大部分的運動都會了，對於自己的健康方面也有自信。

● ～ごとに：每~ ● 大体：大致；大抵

3

🎧083

私は英語の読書クラブに所属しており、毎月英語の本を一冊決めておき、みんなで読んだ後、感想を書いて発表いたしました。最初は英語の本を読んで英語で感想を書くことがとても難しかったですが、1学期が過ぎてからは英書をすらすら読んだり感想文を書いたりすることができるようになりました。それで英語でも自分の考えを述べることができます。

我隸屬英語讀書社團，每個月事先決定一本英文書，大家讀完後寫下感想發表。剛開始讀英文書，用英文寫感想這件事非常困難，但過了一學期之後開始可以順暢的閱讀英文書、寫感想，因此也能用英語闡述我的想法。

- クラブ：社團　● 所属：所屬　● すらすら：順利地；流利地
- 述べる：敘述；說明

4

🎧084

私は学校の広告サークルのリーダーでした。広告サークルは学校を代表する組織で、私たちはいろんな方法で学校のPRに努めました。このようなサークル活動を通してマーケティングの基礎知識を学んだり、コミュニケーション能力も向上させることができました。このようなことが今後の仕事につながり、大きく役に立つと思います。

我是學校廣告社的社長。廣告社是代表學校的組織，我們致力於用各種方式宣傳學校。透過這樣的社團活動，我學習到行銷的基礎知識，溝通能力也獲得提升。我想這些經驗能夠銜接日後的工作，並大大地發揮助益。

- 努める：努力；盡力　● マーケティング：行銷　● つながる：銜接；關聯

大学時代の特別な経験はありますか？

大學時代有特別經驗嗎？

換句話問 大学時代の特別な経験を持っていますか?

1

[085]

私は１年間レストランでアルバイトをした経験があります。その経験で接客サービスについて学ぶことができました。

我有在餐廳打工一年的經驗，透過這樣的經驗學習到接待服務。

• **接客**：接待客人

2

[086]

私は野球場とサッカースタジアムでアルバイトをした経験があります。明るい性格のおかげなのか、サービス業務は私にはぴったりでした。そして視野を広げるためにアルバイト代を使い、一人でヨーロッパを旅行しました。旅で突然起こることにどのように対応し、処理すればいいかを学ぶことができました。このような経験は今後、仕事に就いた時に、落ち着いて楽しく仕事をするのに役立つと思います。

我有在棒球場及足球場打工的經驗。不知是否由於我個性開朗的關係，服務業很適合我。另外我也曾為了拓展視野，用打工賺來的錢一人獨自到歐洲當背包客旅行，學習到如何應對、處理旅程中的突發狀況。這些經驗我想在今後就職時，可以幫助我沉著且愉快地工作。

• **スタジアム**：露天體育場　• **ぴったり**：正合適；恰好
• **視野を広げる**：拓展視野　• **起こる**：突發；偶發　• **就く**：就（職）；就位

3 087

大学3年生の時に台湾貿易保険会社で2ヶ月間インターンシップをしました。主な仕事は、海外投資部署での業務と日本とアメリカの海外貿易投資保険規定の翻訳でした。そこで現場での経験も積み、業務態度など学校では学ぶことができないことを学びました。

大學三年級時曾到台灣貿易保險公司實習兩個月。主要的工作是海外投資部門的業務，及翻譯美日海外貿易投資保險規定。在那邊累積現場實務經驗，學習到業務態度等學校學不到的事。

●主：主要　●積む：積累；堆積

4 088

日本に留学した時、「レオニダス」というベルギーチョコレートの店で4年間アルバイトをしたことがあります。そこで日本人の働き方と、ライフスタイルが理解できるようになりました。最初は彼らの業務スタイルがよく理解できなかったのですが、だんだん彼らの態度と考え方が理解できるようになりました。そして日本人のサービス精神と接客サービスマナーについても学ぶことができました。この経験は日本語も自然に身に付き、日本人の生活まで理解することができた一石二鳥の大切な経験でした。

在日本留學期間，曾在一家叫「Leonidas」的比利時巧克力店打工了四年。在那裡開始認識到日本人的工作及生活方式。一開始無法理解他們的工作方式，不過後來慢慢能理解他們的態度及思考模式。另外我也學習到日本人的服務精神及待客禮節。這個經驗讓我自然地學會日語，乃至於理解日本人的生活，是一石二鳥的寶貴經驗。

●だんだん：逐漸地

⑤

【089】

私が日本で語学留学をしている間、日本の貿易会社で4ヶ月間インターンシップをする機会がありました。短い時間ではありましたが、インターンシップを通じて経験を積んだだけでなく、外国の文化も体験することができました。その経験は私にとって、印象深いものでしたので、機会があれば是非とも海外で働いてみたいです。

我在日本留學期間曾有機會到日本的貿易公司實習四個月。雖然時間短暫，但透過實習，不僅累積經驗，也體驗到外國文化。這個經驗讓我印象深刻，因此如有機會我很想在海外工作看看。

• 是非とも：務必；無論如何

⑥

【090】

大学2年生の時に交換留学生として大阪に行きました。そこで日本語が話せるようになったのはもちろん、日本人のライフスタイルと仕事のやり方など深く理解することができました。そのため私は日本のお客様に細かいところまで気を配るサービスができると思います。

大學二年級時曾到大阪當交換留學生。在那段期間，不用說我的日語越來越流暢，甚至也深刻理解到日本人的生活及工作方式，因此我認為我能夠照顧到日本客戶的多方細節，給予服務。

• 細かい：詳細的；細小的

⑦

【091】

私はアメリカでの語学留学期間中、海外ボランティア活動に参加して、外国人とのコミュニケーション能力をアップさせ、それとともに色々な国の人々のライフスタイルに触れることができました。それは自分にとって刺激にもなりました。

我在美國語言學校留學期間，參加了海外志工活動，這使我提昇了和外國人的溝通能力，同時接觸到各式各樣外國人的生活方式。那對我來說也成為一種刺激。

あなたの卒業論文のテーマは何ですか？

你的畢業論文題目是什麼？

換句話問 卒論のテーマは何ですか？ （※卒論 → 卒業論文）

1
092

アメリカ経済と日本経済の依存性をテーマに論文を書きました。

我以台灣經濟及日本經濟的依存性為題寫成論文。

2
093

台湾と中国の言語習慣の違いについて書きました。

我寫了關於台灣及中國語言習慣的差異。

• 違い：差異

3
094

1980年代の香港の映画が台湾映画産業に及ぼした影響について書きました。

我寫了關於 1980 年代香港電影對台灣電影產業的影響。

• 及ぼす：波及；影響到

4
095

中国語話者がどのように日本語を効果的に習得するかについて論文を書きました。

我寫了關於使用華語者如何有效學習日語的論文。

あなたはどうやって日本語を勉強しましたか？

你如何學習日語？

---●換句話問 あなたはどのように日本語の勉強をしましたか?

1

〔096〕

私は日本語教室で日本語を学び、今は自分の考えを日本語で表現できるようになりました。

我在日語教室學日文，現在已能夠以日語表達自己的想法。

> **tip**
>
> 通常學生們會去的私人補習班稱作「塾」；一般人以學習為目的而去的地方則是稱作「教室」或「スクール」。

2

〔097〕

私は ○○大学経済学科を卒業して、東京外国語大学で１年間日本語の語学研修を受けました。それで私の日本語の発音は正確な方だと思います。

我畢業於○○大學經濟學系，在東京外國語大學上過一年的日語研習課程，因此我的日語發音算是很標準。

3

〔098〕

私は日本の学生と一緒に日本語の勉強をいたしました。彼らは私に日本語を教えてくれ、私は彼らに中国語を教えてあげました。とても楽しかったです。

我和日本學生一起學習日語。他們教我日語，我教他們中文，非常愉快。

4

〔099〕

大学時代、交換留学生として日本に留学をしました。留学から帰って来た今でも一生懸命日本語を勉強しているので日本語には自信があり、基本的に聞いたり話したりすることには問題ありません。

大學時代，曾作為交換留學生到日本留學。留學歸國後至今仍持續努力學習日語，因此對於日語很有把握，基本的聽與說是沒有問題的。

擅長日文讓我將デメリット（缺點）化為メリット（優勢）！

我的學歷低、又不夠年輕，卻成為日商空服員！

我從日本東京的專科學校畢業後，便展開求職活動。當時對於身為外國人的我，不是件容易的事。

最後，我挑戰在日本工作一事仍以失敗告終。在簽證到期後，我回到台灣，重新準備找工作。當時向多家公司投遞履歷，吃盡苦頭。也許是因為一而再再而三為就業所付出的努力，機會終於降臨到我身上。由於我的日文能力獲得極高評價，讓我成功錄取成為客艙空服員。

然而，錄取的喜悅稍縱即逝，由於公司出了一點狀況，我選擇離職一途，重新開始挑戰。幸好我的運氣不錯，以日文實力獲得周遭的人的肯定，接到大企業的日文講師工作提案，讓我得以邊工作邊進行求職活動。

在同時進行工作和求職活動的過程中，我發現日本代表性的航空公司有空服員職缺。我過去曾擔任空服員，對有多次口譯、翻譯經驗的我來說，是最適合的職業。

那麼，要怎麼做才能錄取日系航空的空服員呢？

1. 清楚確立專屬於自己的目標！

當時我選擇進攻「小眾市場」，尋找一個能使用日文專長、適合我的服務業性質、加上能讓我多年累積的口譯能力得以發揮的工作。接著便讓我發現空服員一職，並以此為目標認真仔細地準備面試。

首先，要掌握的是欲挑戰工作的特性。該工作要求的條件便是擁有高水準的日文能力，第二項重點則是在機上服務的熱忱。而我的準備方向便是以這兩大重點為主加以努力。

2. 以我獨有的武器日文認真準備面試！

就算母語說得再好，也不一定擅長面試。同樣的道理，就算日文說得再好，也不代表你在日文面試中能有出色的表現。如果是連母語都答不出來的問題，就算日文能力再強，也沒辦法回答。

首先，我準備面試的方式是整理出面試時可能會出現的問題，寫下自己的回答後，再將內容翻成日文。不光是日文，每個語言都有自己獨有的特性。相信只要是有在學外語的朋友，都會認同這一點。而有別於中文，日文通常會避免使用斷定式的說法，經常用謙讓語來降低自己地位。我掌握這幾項特徵，製作了「專屬於我的日文回答範例」，反覆進行練習。

3. 知己知彼百戰百勝！既了解敵人，又了解自己，才能百戰百勝！

為了能順利進入目標公司，必須以想應徵的公司和相關企業為對象，進行「企業研究」。以我的情況為例，我的目標是進入日本航空公司，因此我便針對日本航空界和各航空公司進行企業研究。來回比對日本航空公司的日本官網和台灣官網，努力掌握企業理念、沿革等企業基本知識，以及台灣航空業的整體動向。

另外，連台灣與日本的外交現況也一併掌握，事先準備好面試時可能會針對日台關係提出的問題。

除此之外，我還彙整出自己過去在面試中回答得不夠好的問題，反覆多次練習，讓自己可以從容不迫地回答。

最後，便是努力保有空服員的基本特質：服務精神、體貼、熱忱的心，以及與空中天使稱號相符的親切美麗笑容。我認為這些不僅適用於服務業，而是辦公室工作以及其他應徵者都必須具備的基本人格特質。

　　如前所述，我把我的缺點轉化成優勢，堂堂正正地進入日本代表性航空公司，實現成為空服員的夢想。而後我竭盡所能完成機上服務，因此在擔任空服員的四年期間，收到很多乘客寄給航空公司的感謝信，甚至獲得公司頒發的獎狀，讓我備感光榮。

　　原本對外國人緊閉的日本就業市場，也開始為所有的人開啟一扇大門。現在，輪到各位了！相信各位也可以成功做到！我誠摯的期盼各位都裝上夢想的翅膀，展翅翱翔。

　　馬上挑戰到日本企業工作吧！頑張って！

PART **5**

興趣及特長

趣味と特技

あなたの趣味は何ですか？

你的興趣是什麼？

• 換句話問 あなたの趣味について話してください。

1
🎧100

私は子供の頃から祖父に囲碁を教わり、囲碁が大好きです。高校時代、クラスのみんなからも囲碁の実力を認められ、クラスを代表して校内囲碁大会に参加し、賞をもらったこともあります。

従孩童時期開始祖父就教我圍棋，我非常喜歡圍棋。高中時圍棋實力也獲得班上同學的認可，代表班上參加校內圍棋大賽，還得了獎。

• 囲碁：圍棋　• 教わる：學習；受教　• 認める：認可；承認

2
🎧101

私は車が大好きです。それで車のブランド、デザイン、性能など、車に関することなら何でも喜んで勉強します。私が一番好きな車種はスポーツカーです。

我非常喜歡車。因此對車的品牌、設計、性能等等，只要是汽車相關的東西我都很樂意學習。最喜歡的車種是跑車。

• 喜んで：欣然；樂意

3
🎧102

私は読書が好きで毎週図書館で本を借ります。哲学の本が好きです。本を読んだら、心が落ち着くし知識も得ることができます。本は私のいい友達です。

我喜歡讀書，每週都會到圖書館借書。我喜歡哲學書籍。讀書能讓身心安定，也能獲取知識。書本是我的好朋友。

④ 🎧103

私はテニスが好きです。子供の頃、兄がテニスをする姿をよく見ており、そのプレーの迫力はとても魅力的でした。その時から私はテニスが好きになり、今は毎週友達や家族と一緒にテニスをします。テニス選手の中ではジュニア時代から国際的に大活躍している錦織圭選手が一番好きです。

我喜歡網球。小時候，我經常看著哥哥打網球的樣子，那擊球的魄力非常有魅力。從那時開始我就喜歡上網球，現在每週都會和朋友或家人一起打網球。網球選手當中，我最喜歡的是從青年時代就在國際上大放異彩的錦織圭選手。

● 姿：舉止；風采　● 迫力：魄力　● 魅力的：魅力的

⑤ 🎧104

私の趣味は野球観戦です。野球場に行ったらいつも胸がドキドキします。理由は分かりませんが、私は昔から野球を見るのが好きでした。落ち込んだ時や悩みごとがある時に野球場に行って大声で応援したら、全てを忘れることができます。

我的興趣是看棒球比賽，到了球場我總是熱血澎湃。我不知道為什麼，不過我從以前就喜歡看棒球。失落消沉、有煩惱時，到棒球場大聲地加油，就能忘記所有的事。

● 観戦：觀戰　● ドキドキ：心跳加速　● 応援：支援；聲援

71

あなたの特技について話してください。

請介紹你的特長。

•換句話問 あなたの特技は何ですか?

1

105

私はピアノを弾くのが得意です。時々、ピアノを弾きながらストレスを解消します。

我擅長彈鋼琴。有時會邊彈鋼琴來紓解壓力。

•弾く：彈（樂器）　•得意：擅長；得意

2

106

私は日本語が話せます。大学時代、日本で1年間語学留学をしながら、多くの日本人と友達になりました。台湾に戻ってからは日本語能力試験 (JLPT) N1 を取得しました。

我能夠說日語。大學時代在日本語言學校留學一年期間，和許多日本人成為了朋友。回台灣後取得了日本語能力檢定考試 N1 合格。

3

107

去年、私は東京外国語大学の外国語学部で日本語を勉強しました。15 歳のときには交換留学生としてアメリカに行き、そこで高校を卒業しました。それで日本語と英語でのコミュニケーションが可能です。

去年，我在東京外國語大學的外語學部學習日語。十五歲時到美國交換留學，並從那裡的高中畢業。因此能使用日語及英語溝通。

④

父が外交官だったので15歳まで海外で過ごしました。それで英語が得意で、外国人とも問題なく話すことができます。

父親原是外交官的緣故，我十五歲以前都在國外生活。因此擅長英語，也能和外國人無礙地交談。

⑤

私はパソコンの扱いが得意です。特にエクセル、ワード、パワーポイントのようなソフトウェアの活用以外にも、ソフトウェアやハードウェアによく起こるトラブルを自分で解決することもできます。

我很擅長電腦操作。尤其擅長運用 excel、words、powerpoint 這類的軟體，除此之外，軟體或硬體方面經常發生的問題我也能自己排解。

● 扱う：處理；操作

⑥

私は運動神経が良くて、運動することが大好きです。特に泳ぎが得意なので大学生の時には夏休み期間中は体育館で子供たちに水泳を教えるアルバイトをしていました。

我的運動神經很好，很喜歡運動。特別擅長游泳，因此大學時曾在暑假期間到體育館打工，教小朋友游泳。

● 泳ぎ：游泳

今まで見た映画の中で、一番記憶に残っている映画は何ですか？

看過的電影中，記憶最深刻的是什麼？

●換句話問 今まで見た中で、印象に残った映画はありますか?

1
🎧111

私はアニメが大好きです。特に日本のスタジオジブリのアニメが好きです。その中でも記憶に残っているのは約30年前に公開された「となりのトトロ」で、今でもたまに見るアニメです。

我非常喜歡動漫。尤其喜歡日本吉卜力工作室的動漫。在那之中印象最深的是約三十年前發表的《龍貓》，是現在偶爾還會看的動漫。

2
🎧112

私にとって最も印象深い映画は「タイタニック」です。「タイタニック」は実際に起こった沈没事故を基に描かれた映画で、より感動を与えてくれました。特に主人公のローズとジャックの船首での有名なシーンが最も記憶に残っています。

對我來說最印象深刻的電影是《鐵達尼號》。《鐵達尼號》是以真實發生的沉船事件加以改編的電影，令我更加感動。尤其對主角蘿絲和傑克在船首那幕有名的畫面最為印象深刻。

●沈没：沉沒　●船首：船首；船頭　●シーン（Scene）：畫面；場景

3
🎧113

私はトム・クルーズの映画が好きです。彼が主演した映画はほとんど見ましたが、彼の映画には面白さも感動もあるので好きです。映画を撮影する時に、いくら危険な場面でもスタントなしで直接演じる彼の姿を見ていると、映画に対する彼の情熱が感じられます。

我喜歡湯姆克魯斯的電影。他主演的電影我幾乎都看過，他的電影中有歡樂也有感動，因此我很喜歡。拍攝電影時，不論是多麼危險的場面都不使用特技演員，看到他親身上陣的樣子，我能夠感受到他對於電影的熱情。

- ほとんど：大抵；幾乎　　- 面白さ（おもしろ）：有趣；可笑　　- 撮影（さつえい）：攝影
- スタント：（＝スタントマン）特技演員　　- 演じる（えん）：演出；表演

4

🎧114

私（わたし）は李安（リーアン）監督（かんとく）の映画（えいが）が一番（いちばん）好（す）きです。彼（かれ）は台湾（たいわん）で最（もっと）も有名（ゆうめい）な監督（かんとく）の一人（ひとり）で彼（かれ）が撮（と）った映画（えいが）は全（すべ）て見（み）ました。その中（なか）でも「恋人（こいびと）たちの食卓（しょくたく）」「ライフ・オブ・パイ」が記憶（きおく）に残（のこ）っています。そして最近公開（さいきんこうかい）された「ジェミニマン」も好（す）きです。

我最喜歡李安導演的電影。他是台灣最有知名度的導演之一，他執導的電影我全都看過了。在那之中，記憶較深的是《飲食男女》《少年 Pi 的奇幻漂流》。我也喜歡近期上映的《雙子殺手》。

- 監督（かんとく）：導演

5

🎧115

私（わたし）は以前（いぜん）、「観相（かんそう）」という映画（えいが）を見（み）ました。この映画（えいが）の主（おも）な内容（ないよう）は顔（かお）を見（み）て一人（ひとり）の人間（にんげん）の人生（じんせい）を見抜（みぬ）くことができるというものでした。映画（えいが）では人相（にんそう）の重要性（じゅうようせい）と同時（どうじ）にその反面（はんめん）、悪（わる）いところも表現（ひょうげん）しています。特（とく）に主演男優（しゅえんだんゆう）の演技（えんぎ）がとても上手（じょうず）で印象的（いんしょうてき）でした。まだ、この映画（えいが）を見（み）ていない方（かた）には是非（ぜひ）、見（み）て欲（ほ）しいです。おすすめします。

我曾看過一部叫《觀相》的電影。這部電影主要的內容是說從一個人的外貌能夠洞見一個人的人生。電影中敘述了面相的重要性，另一方面，同時也會反映出不好的一面。特別是男主角精湛的演技讓我留下印象。我希望還沒有看過這部電影的人務必要看看，非常推薦。

- 観相（かんそう）：觀面相　　- 見抜（みぬ）く：洞見；看透　　- 人相（にんそう）：面相；相貌
- 主演男優（しゅえんだんゆう）：男主角　　- ～て欲（ほ）しい：希望（他人）做~　　- おすすめ：推薦

あなたが好きなスポーツは何ですか？

喜愛的運動是什麼？

・換句話問 あなたはどんなスポーツが好きですか?

1
🎧116

私が最も好きなスポーツはバドミントンです。バドミントンは身体を鍛えることができ、精神的にもいいスポーツだと思います。バドミントンの選手の中ではアジア競技大会金メダリストの戴資穎選手が一番好きで、彼女のプレーを見るたびに手に汗を握ります。

我最喜歡的運動是羽球。我認為羽球是一種可以鍛鍊身體，對精神方面也好的運動。羽球選手中我最喜歡的是亞運金牌選手戴資穎，每次看她比賽都既興奮又緊張。

• 手に汗を握る：緊張；興奮

2
🎧117

私は山登りが好きです。山登りは健康にもよく、ストレス解消にもなります。それで私は毎週日曜日には近くの山に行きます。

我喜歡爬山，爬山有益健康，也能紓解壓力。所以我每個禮拜日都會到附近的山走走。

• 山登り：登山；爬山

tip

日文當中「山登り」和「登山」兩者皆可用來表示「爬山」。兩種用法看似只有音讀和訓讀的差別，但是「山登り」指的是穿著輕便的裝備，以輕鬆的心情爬山；而「登山」指的則是攜帶專業且完整的裝備登上高山，例如「エベレスト登山」。

3

🎧118

私はサッカーを見ることが大好きです。自分でサッカーするよりもテレビやサッカースタジアムに行って観戦することが好きです。

我非常喜歡看足球。比起自己下場踢球，我更喜歡在電視上或到足球場上觀戰。

4

🎧119

私はバスケットボールが好きです。子供の頃、バスケットボールクラブに通って、そのクラブで色々な技術を覚えながら、上手くなったような気がします。その時から今までずっとバスケットボールを楽しんできました。

我喜歡籃球。小時候去上籃球課，在那間學校裡學習各種技巧，我覺得我變得更會打了。從那時到現在我始終享受打籃球。

5

🎧120

私はスキーが好きです。滑る時にスピードを自分でコントロールする自由を満喫することができ、スピードを出したら飛んでいるような気分にもなります。スキーは勇気のある者だけが楽しめるスポーツだと思います。スリルもあって本当に楽しいです。

我喜歡滑雪。滑雪時可以盡情享受自己控制速度的自由感，加速時也會覺得好像要飛起來的感覺。我認為滑雪是有勇氣的人才能夠享受的運動，又刺激又好玩。

• 滑る：滑行；滑動 • コントロール：控制 • 満喫：飽嚐；盡情享受
• スピードを出す：速度加快

あなたの旅行経験について話してください。

請聊聊你的旅行經驗。

日本に留学していた時に姉と一緒に富士河口湖町に行ったことがあります。レンタカーを借りてあちこち回りましたが、富士山のきれいな景色と目の前に広がる湖がとても印象に残っています。特に富士山を眺められるホテルと立ち食いそばなどのおいしい食べ物も思い出します。河口湖にはオルゴールの森美術館やゆっくりと疲れを癒せる温泉もあります。日本に遊びに行く友達に勧めたい場所です。

在日本留學時曾和姐姐一起到過富士河口湖町。租車到處巡遊了許多地方，對富士山美麗的景色和眼前一望無際的湖泊印象非常深刻。特別是能夠遠眺富士山的飯店，及立食拉麵等美味食物。河口湖附近還有音樂盒之森美術館，也有能悠閒地舒緩疲勞的溫泉。這個地方我想推薦給來日本旅遊的朋友。

• 回る：巡遊；巡迴　• 目の前：眼前　• 湖：湖泊　• 眺める：眺望；遠眺
• 立ち食い：立食；站著吃　• 疲れ：疲勞；疲倦

2

私はたまにひとり旅をします。ひとり旅は自分で時間と行き先を決めることができるので好き勝手に旅行することができます。最近一人で日本に行きましたが、おいしい寿司とお刺身も食べ、温泉やショッピングも楽しみ、とても楽しい旅行でした。

我偶爾會一個人旅行。一個人旅行能自己決定時間及目的地，因此可以玩得很自由。最近就一個人去了日本，吃了美味的壽司及生魚片，享受了溫泉及購物的樂趣，是一趟非常愉快的旅行。

• ひとり旅：一個人旅行　• 行き先：目的地；去向
• 好き勝手：自由自在任意妄為

③

🎧 123

今年、友達と一緒に高尾山に行って来ました。5月でしたが、大雪が降りました。ひどい吹雪で予定していた散策も中止したのですが、その代わりにきれいな雪景色が見られました。私にとって、一生忘れられない旅行でした。

我今年和朋友一起去了高尾山。雖然是五月,高尾山還是降下大雪。因猛烈的暴風雪,預定的出遊行程只好暫停,雖然遺憾,不過卻看到了天地間美麗的雪景。我一輩子忘不了這次的旅行。

- ひどい：惡劣的；苛刻的　　● 吹雪：暴風雪　　● 雪景色：雪景
- 一生：一生；一輩子

④

🎧 124

以前、上海に行ったことがあります。上海にはいくつかの観光スポットがありますが、その中でも夜景がとてもきれいです。外灘の風景は中国の過去、現在、未来そのものを見せてくれます。また今度、機会があればもう一度行ってみたいです。

以前曾到過上海。上海有好幾個觀光景點,其中夜景是非常地美麗。外灘的風景展現了中國的過去、現在與未來。若有機會我還想要再去一次。

- そのもの：自身；本身

あなたに一週間の休みが与えられたら何をしますか？

如果給你一個禮拜的休假，你會做什麼？

換句話問 もし、あなたは一週間の休暇がもらえるとしたら、何をすると思いますか?

1
125

もし、一週間の休みが与えられたら、家でゴロゴロしながら、誰にも起こされずにゆっくり寝たいです。

如果我得到一週的休假，我想要在家裡無所事事，不被任何人吵醒好好地睡一覺。

• ゴロゴロ：無所事事　• 起こす：叫醒；喚醒

2
126

長く連絡が取れなかった友達に会いたいです。

我想要見見許久未聯絡的朋友。

3
127

私はまだ一度も、日の出を見たことがありません。もし、一週間の休みが与えられたら、まず、海に行って日の出を見てから家族とドライブをすると思います。

我還未曾看過日出。如果我得到一週的休假，首先我要去海邊看日出，然後和家人一起兜風。

• 日の出：日出

4

🎧 128

私が今、一番やりたいことは旅行です。もし、一週間の休暇がもらえるとしたら、モルディブやバリ島のようなリゾート地に行ってきれいな景色を眺めながら、のんびりしたいです。

我現在最想做的事是旅行。如果我得到一週的休假，我想要到馬爾地夫或峇里島之類的度假勝地，欣賞著美麗的景色悠閒一下。

● リゾート地：渡假勝地　● のんびり：悠閒地

5

🎧 129

もし、一週間の休みがあったら、私は実家に帰ろうと思います。仕事で実家から離れてずっと一人暮らしをしていたので、家族と過ごす時間があまりなかったからです。ですから、家族と一緒に過ごしたいです。

如果我有一週的休假，我想回老家。因為工作的緣故離開老家後一直是一個人生活，不太有和家人相處的時間。所以我想和家人一起。

● 実家：老家；娘家　● 一人暮らし：一個人生活

Scene 4 面試現場（日本本地公司）

面接官 どうぞ おかけください。緊張^{きんちょう}していますか？

応募者 はい、少^{すこ}し 緊張^{きんちょう}していますが、頑張^{がんば}ります。私^{わたし}は 歐亭宣^{オーテーセン}
と 申^{もう}します。

面接官 台湾^{たいわん}の 方^{かた}ですが、当社^{とうしゃ}は どうやって 知^しりましたか？

応募者 私^{わたし}は IT 分野^{ぶんや}を 専攻^{せんこう}したので、いつも 日本^{にほん}の 企業^{きぎょう}に 興味^{きょうみ}
を 持^もって 就職活動^{しゅうしょくかつどう}を してきました。御社^{おんしゃ}は 私^{わたし}が 入社^{にゅうしゃ}し
たい 会社^{かいしゃ}で、常^{つね}に 募集広告^{ぼしゅうこうこく}を チェックしていました。

面接官 日本^{にほん}の 企業文化^{きぎょうぶんか}に ついては 知^しっていますか？

応募者 個人的^{こじんてき}な 生活^{せいかつ}を 重視^{じゅうし}する 日本^{にほん}の 社会文化^{しゃかいぶんか}が 会社^{かいしゃ}でも
反映^{はんえい}されていると 思^{おも}います。知^しらない 部分^{ぶぶん}に ついては エ
夫^{ふう}していきたいと 思^{おも}っております。

面接官 他^{ほか}の 日本企業^{にほんきぎょう}にも エントリーしましたか？

応募者 御社^{おんしゃ}だけを 目標^{もくひょう}として 準備^{じゅんび}してきましたので、他社^{たしゃ}には
エントリーしていません。

面接官 いつ 日本^{にほん}に 来^きましたか？

応募者 2日前^{ふつかまえ}に 入国^{にゅうこく}し、昨日^{きのう}は 面接^{めんせつ}の 準備^{じゅんび}をしました。

面接官 もし、合格^{ごうかく}したら 来月^{らいげつ}から 勤務^{きんむ}することは できますか？

応募者 はい、可能^{かのう}です。先月^{せんげつ} 大学^{だいがく}を 卒業^{そつぎょう}したので 入社^{にゅうしゃ}が 決^き
まったら、すぐに 日本^{にほん}に 来^くることが できます。

面接官 はい、お疲^{つか}れ様^{さま}でした。以上^{いじょう}で 面接^{めんせつ}は 終^おわります。

応募者 ありがとうございました。失礼^{しつれい}いたします。

A 面試官　　B 應徵者

A：請坐。緊張嗎？

B：是的，有一點緊張，不過我會加油。我叫歐亭宣。

A：你是台灣人，如何知道我們公司的呢？

B：我主修IT領域，因此一直對日本企業抱持著興趣進行就職活動。
　　貴公司是我的志願，我經常查看徵人廣告。

A：你了解日本的企業文化嗎？

B：我認為日本社會文化重視個人生活，也反映在公司企業中。
　　關於不清楚的部分，我會再下功夫。

A：你也有應徵其他的日本企業嗎？

B：因我只以貴公司為目標做準備，並沒有應徵其他公司。

A：你什麼時候來日本的？

B：兩天前到日本的，昨天在準備面試。

A：如果錄取的話，自下個月起就能開始工作嗎？

B：是的，可以。上個月大學畢業了，所以工作確定之後，可以馬
　　上來日本。

A：好的，辛苦你了。面試就此結束。

B：謝謝您。先告辭了。

PART**6**

業務能力

ぎょう む のうりょく
業務能力

あなたの日本語の実力はどうですか？

你的日語實力如何？

● 換句話問 自分の日本語のレベルはどれくらいだと思いますか?

1

131

日本語で日常会話をするのには全く問題ありません。でも、日本語の実力を向上させるため、常に努力するつもりです。

以日語進行日常會話完全沒有問題。不過我仍會持續地努力提升日語實力。

2

132

私は毎週末、日本語スクールに通っています。まだ、日本語が上手くありませんが、日本語が大好きです。学習コースが終わったら、日本人の友達と自由に話せるようになりたいです。

我每個週末都上日本語學校。雖然日語程度還不是很好，但我非常喜歡日語。我希望到課程結束時，可以自由無礙地和日本朋友談天。

3

133

日本語を専攻したので、日本語が流暢に話せます。日本語の実力では誰にも負けない自信があります。業務を行う上で全く問題ないと強く自信を持っております。

日語是我的主修，所以我能說一口流利的日語。我相信我的日語實力不會輸給任何人。我非常有自信在工作上完全不會有問題。

④

🎧134

私は日本で大学を卒業しました。それで日本語には自信があり、日本人と会話を交わす時もすらすら話せます。

我畢業於日本的大學。因此對於日語有自信，和日本人交談時也能夠流利地表達。

• 交わす：交換；交替

⑤

🎧135

現代社会で一番重要とされるのはコミュニケーション能力だと思います。世界経済が一体化していくにつれ、一つの言語だけでは生き残れないと思い、日本語を勉強することにしました。既に日本語能力試験 (JLPT) N1 級を取得しています。このような語学力はきっと今後の仕事にも繋がり、役に立つと思っています。

我認為溝通能力是現代社會中最重要的。隨著世界經濟一體化的趨勢，我認為只會一種語言是無法生存的，進而決定開始學日語。我已取得日本語能力檢定測驗 N1 合格。這樣的語言能力必定會銜接到日後的工作，並發揮效用。

• ～につれて：伴隨；隨著　• 生き残る：生存；倖存

日本語を勉強しながら、壁にぶつかったと思った時にはどのように克服しましたか？

如何克服學習日語的撞牆期？

●換句話問　日本語を勉強する上で、困難なことがあった時はそれをどう乗り越えましたか?

1

🎧136

外国語を勉強する時はよく聞いて、書いて、読んで、話さなければなりません。日本語の実力をアップさせるために毎朝欠かさず授業に参加し、授業が終わったら日本人の友達と交流を持つように努力しました。

學習外文，必須要多聽、多寫、多讀，多開口。為了提升日語實力，我每天早上一定會參與課程，課堂結束後會盡量努力和日本朋友交流。

●欠かす：缺少；欠缺

2

🎧137

日本で留学していた時にスーパーに行くのが好きでした。スーパーに行くたびに買い物をしながら単語を覚え、その次に行った時に覚えた単語を復習し、また覚えられなかった単語をメモして、帰ってからまた勉強したりしました。

在日本留學時很喜歡去超市。每次去超市，就會一邊購物一邊記單字，下一次去的時候複習已經記住的單字，還沒記住的單字會筆記下來，回家後再讀。

3

日本語を学び始めた時には濁音が難しすぎて発音があまり良くなかったです。時には私の発音を聞き取れない日本人もいました。それで毎日部屋でテキストの本文を大きい声で読む練習をし、今では日本人と会話をする時も自信を持って話せるようになりました。

剛開始學日語時覺得濁音很困難，發音不太標準。偶爾也會有日本人聽不懂我的發音。所以我每天都會在房間裡大聲的朗讀課文做練習，現在已經可以很有自信地和日本人交談了。

• 聞き取る：聽取；聽懂

4

日本語を勉強する時、一番難しかったのはリスニングでした。それを克服するため CD を繰り返し聞いたりテレビを見たりしました。そして日本人とたくさん話すように努力しました。そうしながら知らない単語があったら、チェックしておき、辞書を引いて意味を調べました。そして日本人と話すときには覚えたばかりの単語を使うようにしていました。このような方法で聞き取りの実力をアップさせることができたと思います。

學日文時最困難的部分是聽力。為了克服它我反覆地聽 CD、看電視，而且盡量多和日本人交談。交談時遇到不會的單字，就事先確認、翻字典查明意思。之後和日本人講話時會刻意使用剛記住的單字。我認為這樣的方法有效地提升了我聽解的實力。

• 克服：克服 • 繰り返す：反覆做；重複做 • 辞書を引く：翻查字典

⑤

🎧140

台湾でも漢字を使うので漢字は読んだり書いたりすることができましたが、日本語での聞き取りと話すことは私にとってはとても難しいことでした。その問題を解決するため、毎日授業が終わってから先生に勧められた「アンナチュラル」を全話見ました。当時はほとんどのセリフが聞き取れなかったのですが、ドラマの内容がとても面白かったので最後まで見ることができました。ドラマは私の日本語力を向上させるのに役に立ちました。

台灣也使用漢字，因此漢字讀寫是沒有問題的，但日語的聽與說對我來講就非常困難。為了解決這個問題，每天課程結束後我就會看老師推薦的《Unnatural 法醫女王》全部集數。當時幾乎聽不懂台詞，但是因為電視劇內容很有趣所以看到了最後。電視劇幫助了我提昇日語能力。

● セリフ：台詞

Unit 6-3

日本語以外に話せる外国語はありますか？その実力はどれくらいですか？

除了日文，你會說其他外語嗎？實力如何？

1 〔141〕

子供の頃、ニューヨークに8年くらい住んでいたので英語を話すことができます。英語の作文にも自信があります。

小時候我曾住在紐約大約8年，因此能夠說英語，對於英語寫作也有自信。

2 〔142〕

高校時代、韓国語を習ったことがあります。夏休み期間中に韓国に行ったこともあります。韓国人のように話せませんが、韓国人と日常会話を交わすには問題ないです。

高中時期曾學過韓文，也曾在暑假期間到過韓國。雖然無法說得像韓國人那樣流暢，不過和韓國人的日常會話交談是沒有問題的。

3 〔143〕

15歳の時、交換留学生としてアメリカに行って高校まで留学していました。それで日本語だけでなく、英語にも自信があります。

十五歲時我曾以交換留學生身分到美國高中留學，因此不僅日語，對英語也有自信。

4 〔144〕

大学に通っていた時、メキシコから来た友達がいました。その友達と交流する機会が多く、自然に彼の国の言葉にも興味を持つようになりました。その後2年間スペイン語を習ったことがあります。

上大學時，有一位來自墨西哥的朋友。我和那位朋友有許多交流的機會，因此自然地對他的國家的語言產生了興趣。在那之後曾學習了兩年的西班牙文。

Unit 6-4

あなたのパソコン活用度はどれくらいですか？

電腦運用程度如何？

• 換句話問 あなたはパソコンを上手く使いこなせますか?

1 🎧145

私は言語力以外に、パソコンも得意です。パソコンにトラブルが発生したら、自分で解決することができます。

除了語言能力之外，我也很擅長電腦，電腦發生問題時我能夠自行解決。

• 発生する：發生

2 🎧146

去年、国家公認のコンピューター資格を取得し、各種のソフトウェアを上手く使いこなせます。特に ERP, OA, Excel, Word, Photoshop などのソフトウェアの扱いに自信があります。

去年取得國家公認電腦資格，能夠純熟地操作各種軟體。尤其是對 ERP、OA、Excel、Word、Photoshop 的操作有自信。

• 各種：各式各樣　• 使いこなす：運用自如；純熟掌握

3 🎧147

パソコンの基礎知識は既に整っております。特に Word, Excel, PowerPoint などオフィスのソフトウェアの扱いには慣れています。

我具備電腦基礎知識，尤其熟悉 Word、Excel、Powerpoint 等 office 軟體的操作。

• 整う：備齊；齊全；整頓

仕事と関係のある資格を持っていますか？

是否有工作相關資格？

 換句話問 業務内容に関係する資格を取得していますか?

1
🎧148

私は運転免許を持っています。

我持有駕照。

● 運転免許：駕照

2
🎧149

今回の夏休みに秘書検定3級を取りました。

這個暑假我取得了祕書檢定三級。

3
🎧150

パソコンの資格は持っていませんが、Word, Excel, PowerPoint などのオフィスのソフトウェアを上手く使いこなせます。

我雖未持有電腦相關檢定資格，但能熟練地操作 Word、Excel、Powerpoint 等 office 軟體。

● 資格：資格；證照

4
🎧151

去年、情報処理士を取得しました。インターネット上で必要な情報を素早く正確に探すことに自信があります。

去年取得資訊處理士資格，我有自信能在網路上快速正確地搜尋必要的情報。

● 素早い：迅捷的

仕事に関係のある業務経験はありますか？

是否有相關的工作經驗？

•換句話問 業務に関係する経験を持っていますか?

1

152

大学時代、ヒルトンホテルでアルバイトをしたことがあります。その経験を通じて顧客サービスについて学ぶことができました。

大學時代曾在希爾頓飯店打工，透過這個經驗學習到顧客服務。

2

153

大学での4年間、色んな分野で自分の能力を磨いて来ました。特に業務に関しては、色んな社会活動に積極的に参加して、みんなと協力し合うように努力し、できるかぎりの管理経験と社会経験を積んで来ました。

大學四年期間，在許多領域裡磨練自己的能力。特別是積極地參和與工作相關的各種社會活動，和大家協力互助，盡我所能地累積管理經驗及社會經驗。

•**磨く**：錘鍊；磨練

3

154

私は電子製品会社の販売部署で3年間会計業務を担当いたしておりました。実務経験以外にも業務外の時間には会計関連の本をたくさん読んで業務知識を身に付けました。

我曾在電子製品公司販賣部門擔任了三年的會計。在實務經驗及工作以外的時間，我會閱讀和會計相關的書籍學習業務知識。

4

155

実際の業務経験は持っておりませんが、4年間の大学生活を通じて基礎英語とパソコン活用知識を身に付けることができました。これらの経験は今後、自分が成長していく糧になると思います。

我沒有實際的工作經驗，但在四年的大學生活中，我學會了基礎英語及電腦運用知識。這些經驗在日後我相信會成為自我成長的精神源泉。

•**糧**：糧食；精神源泉

時間外勤務も可能ですか？
じ かんがいきん む　　かのう

你能夠配合加班嗎？

●換句話問　残業もできますか?
ざんぎょう

1
🎧 156

全く問題ありません。業務が忙しい時は当然のことだと思います。そこで重要なのは残業時間をどれだけ効率良く分配することができるかだと思います。

完全沒問題。工作繁忙時我認為是當然的，其中我認為重要的是如何有效率地分配工作加班時間。

● 残業：加班　● 効率：效率
ざんぎょう　　　　　こうりつ

2
🎧 157

仕事が忙しい時の残業は当たり前のことだと思います。必要なら、週末にも働けますが、その場合には前日までには教えていただけると助かります。

我認為工作繁忙時加班是理所當然的。必要的話，週末也可以上班，不過這種狀況若能在前一天告知就幫大忙了。

● 当たり前：理所當然
あ　　　まえ

3
🎧 158

ある程度の残業は受け入れられると思います。でも、業務の効率が良ければ、余計な残業は減らすことができると思います。

我可以接受一定程度的加班。不過，我認為若是工作效率良好，就能減少不必要的加班。

● 受け入れる：接受；接納　● 余計：多餘　● 減らす：減少；削減
う　　い　　　　　　　　　　　　　　よけい　　　　　　　　へ

採用されたら、どのような部署で勤務したいですか？

錄用後你想在什麼部門工作？

換句話問 もし、採用されるとしたら、どんなパートで働きたいですか?

1
🎧159

私は食品会社で3年間会計業務をしておりました。このような自分の経験を活かして御社の会計部署で一生懸命働くつもりでいます。

我在食品公司擔任過三年的會計工作，我想運用自己這樣的經驗，為貴公司的會計部門效力。

2
🎧160

私はとても活発で明るい性格だと思います。それで自分には営業の仕事が向いていると思います。

我的個性很活潑開朗，因此我認為我適合行銷業務的工作。

• 向いている：適合

3

🎧 161

私は英語と日本語が話せます。私の語学力が輸出入の業務を行う上で、きっと役立つに違いないと思っております。それで御社の海外パートで働きながら、是非、自分の能力を発揮させて頂きたいと思っております。

我能說英語和日語。我認為我的語言能力在進出口業務上必定能夠發揮效用，因此懇請您務必讓我在貴公司海外部門發揮自己的能力。

- ～に違いない：一定；肯定
- ～させて頂く：煩請讓我做～（する的使役型）

4

🎧 162

人事部に勤務してみたいです。大学時代、人的資源管理課程を履修していましたし、大手企業の人事部でアルバイトをしたこともあります。

我想在人事部門工作看看。大學時代我不僅修習人力資源管理課程，也有在大型企業的人事部打工的經驗。

- 大手企業：大公司

PART
6
Unit
6-8

錄用後你想在什麼部門工作？

国内勤務に応募しましたが、海外勤務も可能ですか？

你應徵的是國內勤務，但是能否接受在國外上班？

換句話問 国内勤務を希望しているようですが、海外勤務もできますか?

1
🎧163

当然、海外勤務もできます。私はグローバル競争力を身に付けるために一生懸命英語を勉強してきました。もし、海外に転勤になったら会社の期待に応えられるように頑張りたいと思います。

當然也可以在國外上班。為了具備全球競爭力，我非常努力地學習英文。如果調職到國外，我會努力不辜負公司的期望。

● 転勤：轉職；調職　● 期待に応える：回應期待

2
🎧164

海外での勤務も可能です。子供の頃から海外に行く機会が多く、海外勤務に抵抗はありません。

國外工作也可以。我從小就有很多到國外的機會，不會抗拒到國外工作。

3
🎧165

実は国内よりも海外勤務に興味があります。もし、御社に入社することが出来たら、国内で経験を積んだ後は海外でも働いてみたいと思います。

比起國內，其實我對於在國外上班更有興趣。若是能進入貴公司，我想在國內累積經驗後也到國外工作看看。

4
🎧166

今は英語がそれほど得意ではありませんが、機会があれば、海外勤務もしてみたいです。海外勤務に備えて一生懸命英語の勉強を頑張りたいと思います。

目前雖然英語還不是那麼地擅長，但有機會的話，也想試試到國外工作。我會努力學習英語以具備到國外工作的能力。

● 備える：具備；防備

休息片刻

就職活動（＝就活）
しゅうしょくかつどう　しゅうかつ

　　最近日本為了讓學生能夠將心思專注在學業上，從大四6月開始便展開求職活動。但是，我大學的時候是從大三的11月開始進行求職活動，大約在大四5、6月左右取得內定（也就是被錄取）。

　　在開始進行求職活動前，先加入 MyNavi（マイナビ）、Rikunabi（リクナビ）等日本國內的求職網站，便能取得求職相關的資訊。從11月份開始為期一個月，開始參加這些網站舉辦的聯合求職說明會，針對多家企業展開企業調查。此外，還可以免費參加對就業有幫助的各類型說明會，包括自我分析、面試要領等等。

一般公司的面試程序為：

　　參加說明會 → 應徵登錄 → 繳交履歷表 → 面試 → 錄取

　　另外，雖然最近有很多公司開放網路繳交資料，但是仍有將近八成的公司只收郵寄的手寫履歷表。

　　以我的情況來說，我參加了在聯合求職說明會上感興趣的公司的面試，並順利獲得錄取。很多人都是像我這樣以參加聯合求職說明會為契機，對首次得知的公司產生興趣後才就業。因此，我建議可以參加各類型的說明會，從中找出經營理念與自己價值觀相符的公司。

簡單介紹我參加求職活動的過程
- 第一階段（2018年11月）參加企業說明會、職涯適性測驗（性向測驗、一般時事）
- 第二階段（2018年1月）小組討論、小論文
- 第三階段（2018年2月）人事部面試（一對一）

- 第四階段（2018 年 2 月）業務經理面試（一對一）
- 第五階段（2018 年 3 月）幹部面試（一對一）
- 錄取（2018 年 3 月）

　　這就像一段說短不短、說長不長的旅程。在一對一面試中，我曾碰過超過一個小時的面試，這也表示公司似乎非常努力地想要了解「我」這個人。面試過程中，我從未感到緊張。因為我認為像聊天一樣輕鬆自然的應對，才能能讓對方留下美好的印象。

　　另外，雖然日本求職時不需要看多益成績，但在選拔過程中，大多會進行 **SPI 適性測驗**，針對日文、數學、英文、時事等各項領域出題。只要到書店就能輕鬆買到 SPI 參考書，建議大家在面試之前提前研讀。

　　我還是待在日本就業是因為我想要更深入地學習日本文化，以及商業禮儀，因此從大三 11 月開始，我正式投入求職活動，同時兼顧大學學業。

　　就讀同一所學校的台灣留學生前輩中，在日本企業工作的人並不多。因此，這使我更加確信比起以留學生的身分在日本工作，更應該與日本人在相同條件下就業才行。

　　我從學校的就業中心、他校的日本朋友、日本就業網站等管道取得資訊，花了兩個月的時間，陸續參加未對外公開的就業說明會、面試禮儀說明會和聯合說明會。

　　剛開始參加求職活動的時候，我並未決定欲應徵的領域，一邊參加各家企業的說明會，一邊認真思索自己對什麼領域感興趣、想要從事哪方面的業務。接著我偶然在某場聯合說明會中，參加了「ZENSHO 株式會社（株式会社ゼンショーホールディングス ／ ZENSHO）」的企業說明會，這家公司成了我的第一個職場。

　　我對這間公司的第一印象是「公司裡的人既開朗又風趣，公司形象深深吸引著我」，這讓我首次產生「我想和這些人一起工作」的想法。適性審查、小論文、小組討論、三次的個人面試，歷經這段漫長

的過程後，我順利被錄取了。我認為之所以能夠被錄取，要歸功於個人面試時，我可以在不受他人干擾的情況下，直接了當地表達自己的想法。我進公司後才知道，在 170 名同期當中，外國人只有 3 名，而我是第一個進這家公司的台灣人。工作兩年半期間，我歷經三次的人事異動，來回在業務部、技術部、業務部之間從事各式各樣的工作，讓我感受到自己的成長。

而後我因個人因素回到台灣，以約聘人員的身分，在日商的台灣分公司工作兩年左右後，興起重回日本就業的想法。這次我不再是應屆畢業生（新卒_{しんそつ}），而是以既卒（既卒_{きそつ}）的身分求職，感覺是難上加難。我還是重回過去的想法「試著接受與日本人同等的挑戰吧」。我找出想去的公司的網站，每天都去確認公司的招聘資訊，持續三個月的時間。一旦有想去的公司貼出招聘公告，就直接從國外郵寄履歷表到公司，甚至會以當天來回的方式跑去日本面試。也許是因為我帶著迫切的心情，不願就此放棄，使我能夠更加認真地參加面試。

除了想去的公司之外，還一併調查對手公司的資訊，同時思考我非進這間公司不可的理由。不僅是面試第一間公司的時候，就連離職的面試，我也都努力保持笑容享受著面試的過程。雖然面試時的回答內容很重要，但是面試官也相當看重面試者的態度。我認為與其視為一場面試，不如當成是在跟對方聊天，努力展現你的真心，相信各位一定也能獲得好的結果。

現任 A ○○關西機場旅客部門　林○真

PART 7

志願動機及抱負

しぼうどうき　ほうふ
志望動機と抱負

なぜ、当社に志望しましたか？

為什麼希望進本公司？

⋯⋯● 換句話問 当社に志望した理由は何ですか?

1

🎧 167

御社は海外営業分野において台湾で最も競争力のある会社だと思い、志望いたしました。

我認為在海外營銷領域中，貴公司是台灣最有競爭力的公司，於是排進我的志願。

2

🎧 168

大学生の時からサービス業に就くことを夢見ていました。そのためサービス部門で最も潜在力のある御社に入社することが夢です。

從大學生時就夢想著任職於服務業，因此進入服務部門最有潛力的貴公司是我的夢想。

• 夢見る：作夢；夢想　• 潜在力：潛力

3

🎧 169

御社は個人の夢を実現できる機会を公平に与えてくださると信じています。それで御社で是非、働いてみたいです。

我相信貴公司會平等地給予每個人可以實現夢想的機會，因此我非在貴公司工作不可。

4

🎧 170

御社は非常に高度な技術力を持っている日本最大の電子会社だと思います。御社に入社して会社に寄与できる人材になりたいです。

貴公司是擁有非常高度技術力的台灣電子公司，進入貴公司後我想成為對公司有貢獻的人才。

• 寄与：貢獻；有助於　• 人材：人才

⑤

🎧171

御社は独特な企業文化を持ち、周知の通り職員に公平な昇進機会を与える企業で、努力すればその分野で成長できると思います。その御社の企業文化に感銘を受け、諦めずに挑戦することにいたしました。

貴公司擁有獨特的企業文化，且是眾所皆知會給予員工公平晉升機會的企業，只要努力就能在該領域持續成長。貴公司的企業文化深深感動著我，於是我決定不放棄挑戰。

● **独特**：獨特　● **周知**：周知　● **昇進**：升職；晉升
● **感銘を受ける**：深受感動；銘記在心

⑥

🎧172

御社の採用広告と採用条件を見て私にぴったりな条件だと思いました。インターネット、メディアなどで御社の沿革と発展戦略を学びました。もし私が御社の一員となりましたら、ご期待に添えるよう、精一杯努力したいと思っております。

看見貴公司的徵人廣告及錄用條件，我認為我恰好符合條件。透過網路、媒體我了解到貴公司的沿革及發展策略。若我能成為貴公司的一員，我會竭盡全力符合公司的期待。

● **採用**：錄用；錄取　● **期待に沿う**：符合期待　● **精一杯**：竭盡全力

当社についてどれくらい知っていますか？

關於本公司了解多少？

1

🎧173

御社は努力を惜しまない企業で、既に鉄鋼、化学、電子などの分野でリードしている企業だと思います。御社は日本市場に進出するため、現在は海外部署の新設を準備中だと存じています。私は日本語だけでなく、日本の企業文化もよく理解しているので私は御社にふさわしい人材だと思います。

貴公司全力衝刺，已是鋼鐵、化學、電子等領域的領頭企業。我知道貴公司為了進入日本市場，現正準備海外部門的籌設。不只是日語，我也對日本企業文化非常了解，因此我認為我是符合貴公司的恰當人選。

• **惜しむ**：吝惜；顧惜　• **鉄鋼**：鋼鐵　• **進出**：進出；發展
• **存じる**：知道（知る的謙讓語）　• **ふさわしい**：恰當的；適合的

2

🎧174

御社は 1987 年設立された通信販売会社で現在は 3,000人以上の従業員を雇っている大企業です。また、様々な商品を取り揃えて販売し、既に日本市場にも進出しました。

貴公司是 1987 年成立的通訊銷售，現在是擁有三千個以上的員工的大型企業。再者，販售有各式各樣的商品，商品齊全，也已打入至日本市場。

• **通信販売**：郵購；通訊銷售　• **従業員**：工作人員；員工　• **雇う**：雇用
• **取り揃える**：準備齊全

❸

🎧175

御社は「人材第一」という企業理念を基に優秀な人材を積極的に取り入れ、育成しています。この企業理念は国内でのビジネスを拡大するのに決定的な役割を果たしたと思います。それで私は人材を最も重要視する御社に入社したいです。

貴公司以「人才第一」的企業理念為基石,積極地採納、培育優秀人才。我認為這樣的企業理念在國內商業擴展上發揮了決定性的效用,因此我想進入將人才視為首要的貴公司。

* 取り入れる:採納;吸收　* 育成:育成;培育
* 役割を果たす:完成任務;發揮功能

当社があなたを採用したら、会社のためにどんな努力をしますか？

録用後會為公司做什麼樣的努力？

• 換句話問　当社があなたを雇うとしたら、会社のためにどのような努力をするつもりですか?

1

176

もし、御社に採用されたら真面目に働き、会社の企業文化に馴染めるように努力するつもりです。短期的な目標としては企業の利益を出すことに貢献することで、長期的な目標は会社と共に自分も成長していくことです。

若被貴公司錄用，我會認真地工作，努力融入公司的企業文化中。短期目標是為企業利益做出貢獻，長期目標是自己和公司共同持續成長。

• **真面目**：認真；誠摯　• **利益**：利益　• **貢献**：貢獻

2

177

もし、御社に雇っていただけたとしたら一生懸命働き、自分の能力を発揮して業務に集中するようにします。

如果貴公司願意錄用我的話，我會努力地工作，發揮自己的能力專注於工作上。

3

178

もし運よく御社の一員になれましたら、最善を尽くして御社の発展に寄与したいと思っております。

如果幸運成為貴公司的一員，我會竭盡全力貢獻於貴公司的發展。

• **最善を尽くす**：竭盡全力

専攻と志望した分野が違う理由は何ですか？

主修和志願領域不同的原因是什麼？

換句話問 専攻と志望した部署は関係ないと思いますが、その理由を教えてください。

1

私は大学で日本語を勉強しました。でも大学2年生の時、副専攻で貿易学科を選び、日本語と貿易に関する基礎知識を身に付けました。経済資格を持っているので、私の第2専攻が志望した業務に関係あると思います。

我在大學念的是日語，但在大二時我選擇了副修貿易學系，具備了日語與貿易相關的基礎知識。我具有經濟（相關）證照，因此我的第二主修和想從事的業務是相關的。

tip

這個問題能充分反映出面試者對應徵職務的了解程度，因此請務必事先針對應徵領域進行一番研究。尤其當你所應徵的公司與就讀科系無關時，極有可能會被問到這個問題；即使有所關聯，仍有可能會碰到。因此準備的重點在於先掌握本人就讀科系的優點，再找出該優點與應徵領域有所關聯之處。

2

私の専攻は西洋文化文学です。大学での勉強を通じて西洋の国のライフスタイルだけでなく、彼らの考え方についても学びました。このようなことが今後の海外営業部署で勤務することに役に立つと思います。最近、御社の海外営業部に入るために日本語の勉強を始めました。

我的主修是西洋文化文學。透過在大學的學習，不僅了解了西方國家的生活方式，也理解到他們的思考方式。我相信這能幫助我於日後海外營業部門的工作。最近，為了進入貴公司的海外營業部也開始學習日語。

③

181

私の専攻は幼児教育ですが、客室乗務員に志望いたしました。客室乗務員の仕事と専攻があまり関係ないように見えるかもしれませんが、4年間の大学生活を通じて人とのコミュニケーションの取り方や子供の世話の仕方などを学びました。このような点は、今後私が客室乗務員の仕事をする上で大きな助けになると思います。

我雖主修幼兒教育，但空服員是我的志願。空服員的工作與主修雖然看似不太相關，不過透過四年的大學生活，我學習到溝通方法、孩童的照顧方法等。這幾點，我認為可以在日後從事空服員工作時產生很大的助益。

● **客室乗務員**：空服員　● **大きな助けになる**：很有幫助

当社と他社に同時に合格したら、どうしますか？

若同時錄取兩家公司，你會怎麼做？

• 換句話問 当社以外の会社にも合格したら、どうするつもりですか?

1
🎧 182

私は迷わず御社を選びます。大学3年の時から御社に入社することを夢見ていました。悩む必要はありません。

我會毫不猶豫地選擇貴公司。我從大三開始就一直夢想著進入貴公司，沒有必要為此苦惱。

• 迷う：躊躇；遲疑　• 悩む：發愁；苦惱

2
🎧 183

絶対に御社を選択いたします。御社の雰囲気がとても気に入りました。これは御社に入社したい理由の一つです。

我絕對會選擇貴公司，我很喜歡貴公司的氛圍，這是我想進入貴公司的理由之一。

3
🎧 184

当然、御社を選ぶと思います。御社に入社することが子供の頃からの夢でした。私の夢が叶うことを祈ります。

想當然會選擇貴公司，進入貴公司是我從小的夢想，我祈禱我的夢想能夠實現。

• 叶える：實現；滿足　• 祈る：祈禱；祝願

もし、不合格でも当社の製品を使いますか？

若未被錄取，也會使用公司產品嗎？

● 換句話問 万が一、面接に落ちたとしても当社の製品を使いますか?

1

🎧185

当然、使うつもりです。御社の製品は世界でも指折りの製品を誇るのは誰でも知っていることです。でも、私は絶対に入社できると信じています。

當然會使用。貴公司的產品是世界上屈指可數引以為傲的產品，這是任何人都知道的事。不過，我相信我絕對能夠考進公司。

● **指折る**：屈指可數；招指計算　● **誇る**：自豪；誇耀

2

🎧186

そのようなことが起きないことを祈ります。それでももし落ちてしまったとしても、御社の商品を使い続けると思います。商品の品質は購入する者にとっては最も重要なことだからです。

我祈禱不會發生那樣的事。不過即使如果落選了，我想我還是會繼續使用貴公司的商品。因為商品品質對消費者是最重要的事。

3

🎧187

そんなことは考えたこともありません。私は御社に入社できると信じております。ですので、私は続けて御社の製品を使うつもりです。

我沒有想過那樣的事。我相信我能夠進入貴公司，因此我會持續使用貴公司的產品。

あなたが思ういい企業の条件は何ですか？

你認為理想企業的條件是什麼？

---●換句話問 あなたが思う良い企業の条件とは何だと思いますか?

188

私は勤務環境が最も重要な条件だと思います。一日に会社で過ごす時間は普通9時間以上でとても長いです。もし勤務環境がよくなかったとしたら、耐えられないと思うからです。

我認為工作環境是最重要的條件。一天當中普遍會有九小時以上待在公司，非常地長，要是工作環境不好的話我認為我無法接受。

●耐える：忍耐；禁受；勝任

189

私は社員みんなが家族のように親しみやすい雰囲気が最も重要な条件だと思います。御社を選んだ理由も正にその理由です。

我認為員工間像家人一般地容易相處，這樣的氛圍是最重要的條件。選擇貴公司也無非是這個理由。

●正に：正是；確實

190

私にとって良い企業の条件とは、男女平等に昇進機会が与えられていることです。御社は男女平等だと聞き、志望しました。

對我來說良好企業的條件，是給予男女平等的晉升機會。我聽聞貴公司男女平等，因此志願於此。

113

10年後の自分を想像してみてください。

想像十年後的自己。

●換句話問 10年後、あなたは何をしていると思いますが。

1

🎧191

10年後、私はおそらく御社の次長になっていると思います。10年間の業務経験と会社のサポートの中で自分の能力を十分に発揮できていると思います。

十年後我恐怕已經成為貴公司的次長。十年期間的工作經驗及公司的支援下，我想我能夠充分地發揮自身能力。

●おそらく：恐怕　●次長：次長

2

🎧192

10年後の私は3ヶ国語が話せる語学力のある人になっていると思います。海外勤務を必要とする御社では外国語は不可欠な条件だと思います。従って、御社に入社した後も一生懸命外国語を勉強するつもりです。

十年後的我會成為精通三國語言的人。我認為在有國外上班需求的貴公司，外語能力是不可或缺的條件。因此，進入貴公司後我也會努力地學習外語。

●不可欠な条件：不可或缺的條件　●従って：所以；因此

3

10年が過ぎた今日を想像して見ました。私はアメリカで観光をしています。その日は私が客室乗務員になってちょうど10年になった日だからです。私は既に1万時間以上のフライトを終えたチーフパーサーになっています。私にとって客室乗務員になったことは人生の中で一番いい選択だと思います。

我試著想像十年過後的今日，我正在美國觀光。因為那一天是我成為空服員第十年的日子。我已經完成一萬小時以上的飛行時數，成為了座艙長。對我來說成為空服員是我人生中最棒的選擇。

• ちょうど：整整；恰巧　• チーフパーサー：事務長；座艙長

Scene 5 面試現場（在台灣日商公司）

応募者 失礼いたします。趙妃玟 と 申します。どうぞ よろしく お願い いたします。

面接官 はい、どうぞ 席に 座って ください。

応募者 ありがとうございます。失礼します。

面接官 ここまで どうやって 来ましたか？

応募者 ここから あまり 離れていない ところに 住んでいまして 電車で 30 分くらい かかりました。

面接官 当社に ついて 知っている 限り 教えてください。

応募者 御社は 1987 年に 設立された 通信販売会社で 現在は 3,000 人以上 の 従業員を 雇っている 大企業です。また、様々な 商品を 取り揃えて 販売し、既に 日本市場にも 進出しています。

面接官 あなたが 思う 日本は どんな 国ですか？

応募者 日本は 歴史と 伝統を 大事にし、それを きちんと 受け継いでいる 国だと 思います。どこの 町を 訪ねても 現在と 過去が 調和した 美しさが あります。昔からの 家業を 代々 継いでいる ことも 素晴らしいと 思います。

面接官 もし、今後 日本の 本社で 勤務する ことに なっても 大丈夫ですか？

応募者 はい、もちろん 大丈夫です。私は 日本語を 専攻し、日本の 文化にも 興味を 持って 勉強してきました。もし 日本の 本社で 勤務する ことに なりましたら、より一層 成長する 機会に なると 思います。

面接官 最後に 話したい ことは ありますか？

応募者　私は コミュニケーション能力が 比較的 優れていると 思います。
新しい 環境や 同僚と すぐ 馴染める 自信があります。もし 御社に
入社することが できたら、一生懸命 努力します。どうぞ よろしく
お願いいたします。

A　應徵者　　B　面試官

A：不好意思打擾了。我叫趙妃玟。請您多多指教。

B：是，請就坐。

A：謝謝，失禮了。

B：你是如何到這邊的？

A：我住在離這裡不太遠的地方，搭電車大約花了三十分鐘左右。

B：請盡你所能地告訴我，你對於本公司的了解。

A：貴公司是 1987 年成立的通訊販售公司，現在是擁有三千個以上的員工的
大型企業。再者，販售有各式各樣的商品，商品齊全，也已打入至日本
市場。

B：你認為日本是什麼樣的國家？

A：我認為日本是個重視歷史與傳統，並將其完整傳承的國家。不論造訪哪
個城市，都可以感受到現在與過去調和的美感。從前世世代代傳承下來
的家業也很了不起。

B：若是今後需要到日本總公司上班也沒關係嗎？

A：是的，當然沒有問題。我主修日語，對於日本文化也抱持著興趣。若是
要到日本總公司上班，我認為這是個讓自己更加成長的機會。

B：最後還有什麼想說的嗎？

A：我認為我的溝通能力還算是優異。有自信能馬上融入新環境及同事，如
果能進入貴公司，我會全力以赴。請多多指教。

PART **8**

日本時事

にほんじじ
日本時事

あなたが思う日本はどんな国ですか？

你認為日本是什麼樣的國家？

1

195

日本は技術の国だと思います。基礎技術分野においては世界的な名声を誇っています。特に、自動車産業の技術開発と品質管理、効率性向上のための努力は、多くの国で良いモデルになるほど模範的なケースだと言えます。かと言って、なんでも真似するのは逆効果を産む危険性もあります。JIT(Just in Time) 方式は、代表的な産業生産部門の革新にもなりえますが、すべてのケースに適用できるものではありません。全てをそのまま受け入れるよりは、その努力の過程をしっかりと調べて研究することが大事だと思います。

我認為日本是技術之國。在基礎技術領域中，聲名享譽國際。特別是在汽車產業的技術開發及品質管理，提升效率方面上的努力，可以說是在許多國家作為良好典型的模範實例。雖說如此，什麼都模仿的話也會有產生反效果的危險。JIT（just in time）方式雖可以成為代表性的產業生產部門革新，但並不適用於所有的情況中。與其全盤照單全收，我認為好好研究其努力的過程比較重要。

● JIT：即時化生產技術

2

196

日本は歴史と伝統を大事にし、それをきちんと受け継ぐ国だと思います。どこの町を訪ねても現在と過去が調和した美しさがあります。昔からの家業を代々継いでいることも素晴らしいと思います。

我認為日本是個重視歷史與傳統，並將其完整傳承的國家。不論造訪哪個城市，都可以感受到現在與過去調和的美感。從前世世代代傳承下來的家業也很了不起。

● **受け継ぐ**：繼承；承接　　● **継ぐ**：繼承；連接

3

197

台湾人の私にとって、日本は良い隣国です。自然災害が発生した際には、お互いに多大な寄付や支援をし合う関係性です。国交がなくとも、良好な日台関係が今後も続いていってほしいと思っています。

對身為台灣人的我來說，日本是一個很棒的鄰國。當自然災害發生時，是互相給予許多金援及支援的關係夥伴。即使沒有外交關係，我希望良好的台日關係今後也能持續下去。

- 隣国：鄰國　● 多大な：極多的；極大的　● 国交：邦交

4

198

日本と言ったら、まず先に思い浮かぶのはサービスの質の良さです。どこのお店や施設に行っても丁寧な接客を受けることができます。海外では、日本の接客は過剰だという意見もありますが、一方でこれは日本人が企業の一員として責任をもって働いていることの表れではないかと思います。

說到日本，首先浮現腦海的是日本優質的服務業品質。不論去到哪裡的店家或設施，都可以受到禮貌的接待。在國外，雖然也有些意見認為日本的接待過分謹慎，但從另一方面來看，這難道不是日本人作為企業的一分子，負責任工作的表現嗎？

- 思い浮かぶ：回想；浮現　● 質：品質　● 丁寧：小心謹慎；有禮貌的
- 過剰：超過；過量

最近の日本が変化していると感じるところがあったら、何だと思いますか？

最近若有感受到日本的變化，你認為是什麼？

1
🎧199

産業の基盤になる労働者の構成に変化があることが目立ちます。それには様々な理由がありますが、表面的には外国人労働者の増加で日本人の若者の仕事が減り、社会全般から見て失業率が高くなったという記事を読んだことがあります。しかし最近は、景気が回復したことで働き手が足りないため、多くの企業では外国人労働者を積極的に受け入れているとのニュースも耳にしました。このような傾向は台湾にも起こっていることだと思います。

產業基礎的勞動者結構的變化很顯著。雖有各種原因，不過我曾讀過一篇報導，說表面上因外國勞工的增加導致日本年輕人工作減少，從社會整體來看失業率變高了。不過由於最近景氣恢復，我也聽到因人手不足，許多企業積極地雇用外國勞工這樣的新聞。我認為這樣的傾向在台灣未來也可能會發生。

• 耳にする：耳聞；聽說

2
🎧200

日本といったら思い浮かぶ単語は、節約、読書でしたが、今の日本はそれとは段々と遠くなっているような気がします。伝統がしっかりと受け継がれる国だからこそ、もどかしいところだと思います。

從前說到日本，浮現腦海的單字就是「節儉」、「讀書」，但現在的日本我總覺得已經和這兩個字漸行漸遠。正因為是完整地繼承傳統的國家，才更令人感到著急。

• もどかしい：令人著急的；令人心煩的

③

🎧 201

社会全般の「管理の問題」が日本の変化における一つの姿だと思います。特に徹底したマニュアル神話として世界から認められた日本の自動車業界の大量リコールの事態、福島の原発事故などから見られる危機管理能力は驚きの連続でした。

我認為社會全體的「管理問題」是日本變化的其中一個樣貌。尤其是被認為是貫徹「執行手冊」的神話，受到世界認可的日本汽車業界大量召回的事態，以及福島核電廠事故等所展現的危機管理能力，都是一連串的超乎失望與震驚。

最も興味を持っている日本の政治イシューは何ですか？

你最感興趣的政治議題是什麼？

1

202

日本の憲法改正問題が国内外的に最も大きいイシューだと思います。多くの国が日本は過去の歴史の清算に消極的だと思っているのではないでしょうか。そのような渦中にあって平和憲法を改正しようとする日本の一部政治家の立場は歓迎されない所もありますが、その声が大きくなりつつあることが心配になります。

我認為日本憲改問題是國內外最大的議題。許多國家都認為日本對於清算過去的歷史方面是消極的。在那樣的漩渦當中，想要修改和平憲法的日本部分政治家的立場並不受歡迎，我擔心反對聲浪會逐漸增大。

● **憲法改正**：修憲　● **消極的**：消極的　● **渦中**：漩渦中

2

203

外国労働者受け入れ拡大に伴う政府の対応について興味を持っています。具体的な対応として、様々な支援が受けられるように、新たに外国人共生センターが設けられたりしていますが、私自身、日本での就労を希望する身として、今後の政策に期待しています。

我對於擴大接受外籍勞工的日本政府的做法感到有興趣。以具體政策來說，為了能接納各式各樣的支援而新設立了外國人共生中心，但就希望在日本工作的我來說，我期待今後的政策。

● **伴う**：伴隨　● **設ける**：開設；設立

③

🎧 204

安部政権の支持率の下落です。安部内閣は過去のどの総理大臣よりも短期間に高い支持率と長期政権を成し遂げた政府ですが、その反面で人気の急落と強い退陣要求もあるのも現実です。安部政権がこのような難局をどう乗り越えるか知りたいです。

是安倍政權支持率的滑落。比起過往的任何總理大臣，安部內閣是更短期間內便達成高支持率與長期執政的政府，但相反地，人氣急速滑落和強烈的下台要求聲浪也是事實。我想知道安倍政權要如何克服這樣的困難局面。

● **退陣**：退職；辭職

最も興味のある日本の経済イシューは何ですか？

最感興趣的日本經濟議題為何？

1

205

アベノミクスと呼ばれる経済政策が興味深いです。今まで自由貿易主義だった日本政府が為替市場に介入し、その効果を通じて短期的な利益を得たと、個人的に判断しています。このような短期的な成功が長期にわたって維持できるかが課題になると思われます。

我對於被稱為安倍經濟學的經濟政策深感興趣。以我個人的見解，一直以來都是自由貿易主義的日本政府介入匯兌市場，透過其效果獲得了短期的利益。外界普遍認為，像這樣短期的成功，是否能長久地維持，是將來的課題。

● **為替市場**：匯兌市場

tip

何謂安倍經濟學（アベノミクス）？
此為安倍政權所提出的政策。動員所有政策手段，為擺脫日本景氣復甦二十年來的通貨緊縮和日圓升值（円高）。

2

206

個人消費の沈滞に興味を持って見守っています。日本の経済は量的緩和で表面経済は生き返っている反面、個人の消費は低迷しているという報告があります。革新的経済政策は短時間に評価できるものではないため、アベノミクスに関しては持続的な観察と評価が必要ではないかと思います。

我對於個人消費低迷有興趣並持續關注。有報告指出，日本經濟因放寬貨幣政策表面經濟起死回生，另一方面個人消費仍然委靡不振。因經濟政策改革無法短時間做出評價，關於安倍經濟學我認為有持續觀察及評價的必要。

● **沈滞**：不振；停滯　● **緩和**：放寬；緩和　● **生き返る**：再生；復活
● **低迷**：低迷；低垂

③

🎧 207

「高齢化社会」の問題です。日本は 1990 年からシルバー世代の経済を予測し、それに対応するために数々の政策を打ち出してきましたが、深刻化した高齢化で頭を抱えています。

台湾でも農村だけではなく、都市でも子どもの数が減少しています。台湾も高齢化社会に向かっていますが、日本も深刻な状況だと聞きました。幼児用のオムツより高齢者用のオムツの販売量が多いという報告もありました。経済先進国の共通した問題であるとは言えますが、日本だけではなく台湾も直面している問題なので関心を持って見守っています。

是「高齢化社會」問題。日本自 1990 年開始就預測到銀髮世代經濟，並針對其祭出許多相對應的政策，不過對日益嚴重的高齢化仍是一個頭兩個大。

在台灣不僅是農村，都市的人口也減少。台灣也正走向高齢化社會，但聽說日本的狀況更加嚴峻。也有報告指出，高齢者適用的尿布比起嬰兒用尿布銷量更多。雖可以說是經濟先進國家的共通問題，但不僅是日本，不久的將來也是台灣要面對的問題，因此我持續關注著。

• 打ち出す：提案；提出　　• 深刻化：嚴重化；重大化
• 頭を抱える：非常懊惱無力解決　• 向かう：面對；朝向　• オムツ：尿布

最も興味のある社会問題は何ですか？

最感興趣的社會問題是什麼？

1

208

「共謀罪法」です。実際に犯行まで至らなくても犯罪を計画あるいは協力する段階で処罰される法案です。この問題に対しては過去にも色々と論議はありましたが、2020 年東京オリンピック開催が迫る日本の立場としては、日々深刻化している国際テロが背景にあり、成立されました。一方、処罰のためには予め情報収集などが必要なため、国民監視に悪用される恐れもあるとの世論もあがっていて、その成り行きが注目されています。

是「共謀罪法」。是一項即使沒有實際的犯罪行為，但參與犯罪計畫或協助階段就會受到處分的法案。對於這個問題過去也曾有過許許多多的討論，以正準備 2020 年東京奧運的日本立場來看，是在日漸嚴重的國際恐攻之背景下而成立。另一方面，為了處分必須要事先蒐集情報等，社會上也認為有濫用國民監視系統之虞，其發展動向令人關注。

• 予め：事先　• 恐れ：畏懼；擔心　• 成り行き：趨勢；發展；演變

2

🎧 209

人手不足についてです。すでに飲食業や建設業などを中心に社会問題化していますが、今後はさらに拡大すると言われています。少子化により働き手が減少すれば、日本人だけでは解決できない問題になります。外国人労働者の雇用には教育や研修などの費用もかかるし、文化の壁もあります。そのような問題も日本社会がどう乗り越えていくのか興味があります。

關於勞動力不足。以餐飲業、建造業等為主，已成為社會問題，但一般認為今後問題仍會持續擴大。少子化造成勞動人口減少，是單憑日本人無法解決的問題。外籍勞工的雇用中，也需要花費教育及進修費用等，另外也存在文化上的隔閡。日本社會要如何克服這樣的問題，我感到有興趣。

3

🎧 210

保守的な日本社会の、特に政治におけるウーマノミクスが目を引きます。女性の政治への積極的な参加を好まなかった日本で、女性が政治的リーダーとして一翼を担うこと、さらには初の女性総理大臣の誕生がそう遠くないうちに叶うという期待もできると思います。

在保守的日本社會，尤其是政治上的女性經濟學引人注目。對於不愛好女性積極參與政治的日本，我認為女性做為政治領袖肩負一職，甚至是不久的將來首位女性總理大臣的誕生是指日可待的。

- **目を引く**：引人注目；顯眼　　- **一翼**：一支翅膀；一份職責
- **担う**：擔任；承擔

tip

何謂女性經濟學（ウーマノミクス）？
由女性（Woman）和經濟學（economics）組合而成，指的是由女性主導經濟的現象。與「womanization」的意思相似。

最も記憶に残る日本の文化は何ですか？

最有印象的日本文化是什麼？

•換句話問 最も記憶に残る日本の文化的な要素は何ですか？

阪神・淡路大震災、東日本大震災の津波など、大きな自然災害の混乱の中でも秩序を守り、他人を配慮する文化は尊敬を超えて少し驚くほどでした。それほど大きな災害の中で大勢の人々が冷静を保つことができるというのは何だか不思議な感じがします。頻繁な災害の経験と混乱から悟った認識だと思うとその過程の厳しさや苦痛が伝わり、胸が痛いです。そのような冷静さは見習うべきではありますが、そうならないようにと祈ります。

阪神・淡路大地震、311大地震中的海嘯等，在巨大的自然災害混亂中也遵守秩序，顧慮他人的文化令人尊敬，甚至是有些令人訝異的程度。在那麼樣大的災害中許多人仍能保持冷靜，令我感覺到很不可思議。一想到是從頻繁的災害經驗及混亂中領悟到的體認，那過程中的嚴苛及痛苦便令人感到心痛。雖然應效仿那樣的冷靜態度，不過我祈禱不要發生那樣的事。

•自然災害：自然災害　•頻繁：頻繁　悟る：領悟；領略　•苦痛：苦痛
•～べき：應該

2

🎧212

勉強熱心ということが頭に残っています。私が在籍していた大学は一般人対象のオープン講座は、いつも満席で高齢の方が結構多かったです。参加する方の知識レベルも相当高く、それに継続的に参加していました。その方たちは個別のグループ活動もされていてそれも驚きでした。新しい学問や活動に対する探求精神と情熱は本当にすごいものだと思います。

熱衷念書的印象留在我的腦海中。我從前就讀的大學舉辦以一般民眾為對象的公開講座總是額滿，且很多高齡者。參加的人知識水平也相當高，並且會持續的參加。這些人還參加個別的團體活動也令我感到驚訝。對於新學問或活動的探求精神及熱情真的非常了不起。

● 在籍：編列在冊；登記

3

🎧213

他人に配慮する文化というのは、他人に被害を与えたくない、または迷惑になるまいと思うことですが、裏返して言えば自分も人から迷惑を被りたくないということかもしれないと思います。エレベータに乗っていた人が降りる時、「閉まる」ボタンを押してから降りるということは昔はなかったそうですが、今は根付いているようです。皆さんはこのような文化をどう受け止めていますか。

所謂顧慮他人的文化，即不傷害他人、不帶來困擾，不過反過來說自己也許也不想被他人麻煩。聽說搭乘電梯下樓時，按下「關門鍵」後才走出電梯這樣的事以前並沒有，現在卻已根深蒂固。大家是怎麼怎麼理解這樣的文化的呢？

● 裏返す：反過來　● 被る：遭遇；遭受　● 根付く：紮根；生根
● 受け止める：接受；理解

由日本公司前輩分享的日本就業真人真事！

Q. 一提到日本就業，就不免擔心起自己的日文程度。請問前輩的日文大概到什麼程度呢？

A. 大學畢業在日本工作的時候，我的 JPT 成績為 950 分，JLPT 則是考取 N1。大學時我的主修為日文，學了四年的時間。雖然我沒有去日本留學或交換過，但從大二開始，除了上學校的日文課之外，我還透過打工累積口譯、翻譯經驗。目前在使用日文溝通、撰寫企業計畫書、報告書、電子郵件、簡報、和口譯、翻譯等方面幾乎都沒有問題。

Q. 請問您是從什麼管道得知日本就業資訊？

A. 為了解在日本工作的管道，我從留學、就業各個方面著手找尋資訊。我在 2014 年參加了每年都會在台北和高雄舉辦的日本留學博覽會，看到與「JET PROGRAMME」有關的宣傳內容。當時負責人介紹了一個青年交流項目，為日本政府邀請外國青年，擔任地方自治團體的非正式（約聘）公務員（簽約以一年為單位，最長五年），負責國際交流業務。而後我便決定申請此項目。

Q. 請問您現在正在日本工作，公司有提供住處嗎？

A. 關於提供住處與否，每間日本企業的員工福利都不盡相同。我所任職的公司有提供員工宿舍，毋需支付押金或禮金，租金也只要一般日本住宅的三分之一左右，非常便宜。其他在日本國內公司上班的朋友則是入住跟公司簽約的房子，因此公司會協助辦理入住，並補助一部分租金。但是，也有公司不提供任何支援，員工得自行透過居中找房子。

Q. 在日本工作的好處是？

A. 我認為在日本當地工作最大的魅力，就是可以累積各種在台灣體驗不到的經驗。過去我不曾去日本留學過，所以只能藉由旅行，或是透過日劇、新聞、網路等管道一窺日本的面貌。但是，在這裡工作和生活後，我遇見當地的日本人、以及來日本工作的外國人，體驗只有在當地才能享受到的活動、景點、美食餐廳等，真實接觸日本這個國家。

　　談到職場文化或福利，因為各間公司的差異極大，我沒辦法給出肯定的答案。但是與台灣相比，大多會明確區分工作和私人生活。舉例來說，上班時間在公司認真工作，但下班之後，若非有重要的業務，主管不太會私下打電話或傳簡訊聯絡你。另外，出差、休假、補貼也都會按照規定支付給員工。

Q. 如果有在日本工作的經驗，對於之後轉職到台灣企業有幫助嗎？

A. 每間台灣企業需要的人才不盡相同，所以我沒辦法百分之百肯定。但是，你曾在日本哪個領域的公司從事什麼樣的工作，才是能否成為轉職台灣企業的關鍵。我認為對於與日本企業有往來的台灣企業來說，需要通曉日文的人才。因此若精通日文，又有在日本當地工作的經驗，便會成為優勢。另外，若有在觀光、製造業（半導體、重工業等）、化學等與日本公司相同的產業鏈、或是相關產業工作的經驗，勢必也會有所幫助。

　　前方曾提到 JET PROGRAMME，參加這個項目的人大多是負責日本自治體的「國際交流」業務。因此，回到台灣後，便會從事與日本交流相關的工作，像是擔任國際交流中心或自治體的公務員、中文教師等。雖然參加者所負責的國際交流業務，會根據日本自治體的不同而有所差異，但是只要善用在工作崗位上的經驗，便能進入一般的台灣企業或學校工作，也有不少人進入日本當地的企業工作。

Q. 請告訴我您的日本就業技巧、或是就業故事。

A. 我在日本準備就業的時候為 2015 年，仍屬於就業困難的時期，而且進入日本企業工作的相關資訊更是少之又少。雖然學了日文，能夠以日文對話，但是對於具體需做哪些準備仍是感到一片茫然。從日本企業的聘用機制、撰寫履歷的方法、至日本企業的面試常識、文化等，有很多不太清楚的問題等著我逐一解開。

　　雖然最近可以從網路上取得大量的資訊，但是我認為親身經歷更有幫助。不是一味的在網路上找尋與日本留學、就業相關的資訊，而是直接到現場參加博覽會、說明會等，了解第一手的資訊和市場現況，聽聽日本企業需要什麼樣的人才，才更具真實感。

　　在日本工作，最重要的不外乎是日文，還有對日本文化的了解，因此我每天都會聽日本廣播和新聞，持續學習日本相關知識和日文。在準備日文面試的時候，我在房間使用相機錄影，多次練習從進場至離場的整個過程。

　　對於雇用我的人來說，我所擁有的經驗和知識，具備什麼樣的優勢便成為取決關鍵。我逐一確認並審視自己，讓自己保持自信。我想是這些準備讓我現在得以在日本工作。

Q. 給擔心能否順利就業的朋友們一句話

A. 我認為離開自己的家鄉，到國外（日本）生活、工作，這件事本身就是很大的挑戰，勢必會面臨許多困難。不僅資訊不夠齊全，語言和文化上也有隔閡。但是如果你有想要在日本生活、準備在日本工作的覺悟，趁現在還不算太晚，不妨試著挑戰一下吧！

　　　　　　　現任 靜岡觀光局（靜岡ツアーリズムビューロ）國際交流院（CIR）李錫詠

PART**9**

額外問題

その他の質問

面接会場までどうやって来ましたか？

你怎麼來面試會場？

•換句話問 ここまで、どうやって来ましたか?

1

214

私は電車で来ました。会社まで20分くらいかかりました。

我搭電車來的。到公司大約花了二十分鐘。

2

215

家から会社までのバスがあります。バスで40分ぐらいで会社に着きます。

從我家到公司有公車，搭公車約四十分鐘會到公司。

3

216

実は家からとても近く、歩いて来ました。歩いて15分かかりました。

其實我家離這裡非常近，我走路過來的。走路花十五分鐘。

Unit 9-2

今日の面接のために昨日は何を準備しましたか？

為了今天的面試你昨天做了什麼準備？

換句話問 今日の面接のために昨日は何をしましたか?

1
🎧217

まず、今日の持ち物リストを見て提出する書類を準備しました。そして面接の練習をしてみました。特に日本語で面接を受けるのは簡単ではないので、私の考えをどのように表現するかを練習しました。最後に今日着るスーツを用意しました。

首先，看了今天該帶的物品清單，準備要提交的書面資料並放好。接著試著練習了面試。特別是日語面試沒有那麼容易，所以我練習該怎麼樣表達我的想法。最後把今天要穿的西裝準備好。

• 用意：準備

2
🎧218

私は昨日、御社の最新情報を調べました。そして先輩に面接前に用意すべきものについて聞き、面接を受ける時に大切なのは緊張しないことだとアドバイスをもらいました。緊張せずに自分のいいところをできるだけアピールするために心の準備をしました。

我昨天查了貴公司的最新情報。然後問了學長面試前該準備的東西，學長也給了我建議：面試時重要的是不要緊張，為了讓自己不緊張能夠展現自己好的一面，做好了心理準備。

• アピール：展示；表現

今の気持ちはどうですか？

現在的心情如何？

1
🎧219

この場にいられること自体が私にとっては光栄です。今回が初めての面接だったのでどんな結果でも受け入れるつもりでいます。

能夠身在這裡對我來說感到光榮。這次是我的第一次面試，因此不管結果如何我都會接受。

2
🎧220

面接を受けることができてとても光栄です。いい結果につながることを祈るばかりです。

能接受面試感到非常光榮。我只祈禱著能夠有好的結果。

3
🎧221

まず、面接の機会をくださって本当に感謝しております。少し緊張しておりますが、一生懸命頑張りますので、最後までよろしくお願いいたします。

首先非常謝謝您給我面試的機會。雖然有一點緊張，但我會盡力到最後，請多多指教。

4
🎧222

面接が始まったばかりの時は少し緊張もしましたが、少しずつ雰囲気が和らいできて今は大丈夫です。

面試剛開始時稍微有點緊張，後來氣氛逐漸緩和下來現在已經沒有問題。

• 和らぐ：緩和；放鬆

Unit 9-4

自分に点数をつけるとしたら、何点ですか？

給自己打分數的話，你會打幾分？

1

223

私は 80 点だと思います。大学 1 年生から今まで一生懸命勉強し、色んな社会活動にも積極的に参加してきたと自信を持って話すことができます。それで成績だけでなく、人間関係にも自信があります。

我認為是八十分。從大一開始至今都非常認真念書，也積極地參加各種社會活動，這點我可以有自信地說。因此不僅成績，對人際關係也有自信。

2

224

70 点をあげたいと思います。私は一生懸命勉強もしましたが、遊んだりもしました。それで今はどんな状況でも素早く対応し、問題を解決できるようになったと思います。

想給自己七十分。我雖然念書也很認真，不過也玩了不少。因此現在我認為我能在什麼樣的狀況下都能迅速地應變，解決問題。

日本人愛用「縮寫」，
深諳日本文化的你全都清楚了解嗎？

　　只要和日本人聊天一陣子，就會發現即使自己已經具備一定程度的日文能力，聊天過程中仍不時會出現聽不懂的單字。這些單字便是日常生活中經常使用的「簡稱」。日本人愛用縮寫，尤其是外來語，經常會使用簡稱來表達。

　　舉例來說，「スマートフォン」（智慧型手機）簡稱「スマホ」、「アニメーション」（動畫）簡稱「アニメ」、「ワーキングホリデー」（打工度假）簡稱「ワーホリ」、「スーパーマーケット」（超級市場）簡稱「スーパー」、「スターバックス」（星巴克）簡稱「スタバ」。

　　而不同地方的簡稱，使用上也有所差異。像是各位熟知的マクドナルド（麥當勞），日本大部分的地方，包含東京在內，都稱作「マック」（makku）；但在包含大阪在內的關西地區（近畿地方）則會稱作「マクド」（makudo）。

　　根據日本麥當勞在 2016 年的調查顯示，只有大阪府、京都府、奈良縣、和歌山縣、兵庫縣會簡稱「マクド」；「マック」和「マクド」兩種說法皆使用的有三重縣、和滋賀縣、以及由德島縣、香川縣、愛媛縣、高知縣四縣所構成的四國地區；包含同時使用兩種簡稱的地區，日本全區僅有 11 府縣會簡稱「マクド」。

　　在 2017 年 8 月舉辦了一個有趣的活動為「マック」VS「マクド」（makku VS makudo）麥當勞愛用稱呼票選，結果「マック」獲得 49% 的支持、「マクド」獲得 51% 的支持，「マクド」以極小的差距勝出。

　　如前所述，日文中有很多有趣的簡稱。在學習日文的過程中，如果突然失去興致時，不妨找一下日文簡稱、或是與中文相似的俚語，重新找回對日文的興趣與熱情吧！

·附錄

從準備履歷資料到
面試完美應對！

- ·資料準備
- ·面試準備
- ·面試實戰演練

撰寫履歷表

雖然最近日本也開始開放網路報考，但是仍有八成以上的日本企業只收郵寄的手寫履歷表。請參考下方履歷範例，了解手寫履歷的方法，並試著練習撰寫自己的履歷表。

直接動筆練習寫履歷 → p167

履歷表 自我介紹 範例

履歴書・自己紹介書　2018 年 4 月 26日現在

ふりがな	おう　たい　ち		性別
氏　名	王　大　地　(王大地印)		女
生年月日	1994 年 5 月 15 日生(満 23 歳)		
ふりがな	とうきょうと　ちゅうおうく　かちどき		
現住所	〒104-0054　東京都　中央区　勝どき5丁目 8-4 TEL(03) 1234 － 1234　　携帯電話 090　　－ 1234 －1234		
E-mail	smart-japanese@mensetsu.com		
緊急連絡先または帰省先	TEL(080)9876 － 9876		

この部分だけのりづけ

写　真
(3 x 4)

写真の裏面に
氏名を記入すること。

請在照片後方以油性筆寫下自己的名字！
注意要避免字體糊掉或是沾到原子筆的墨水！

学歴・職歴

年	月	学　歴　・　職　歴
		学　歴
2007	6	台湾　中央初等学校　卒業
2010	6	台湾　中央女子中学校　卒業
2010	9	台湾　中央高等学校　入学
2013	6	台湾　中央高等学校　卒業
2013	4	東京産業大学 工学部 情報システム 工学科 入学
2018	3	東京産業大学 工学部 情報システム 工学科 卒業見込み
		職　歴
		なし
		以上

已經畢業的人，不妨回想一下學生時代
最讓你感興趣的科目，再動筆寫下吧！

具體寫出你的經驗！

自己紹介書

研究課題または興味ある科目
【興味ある科目：外国語】 私は外国語に興味があります。外国語を習えば、その国の文化をよく理解することができるからです。私は日本語と英語が話せます。最近は韓国語にも興味があり、勉強を始めました。

学生時代に力を注いだこと
私は3年ほど銀座にあるベルギーのチョコレート屋でアルバイトをしています。アルバイトを始めた当初、販売も初めてで、接客はおろかチョコレートの名前を覚えるのに精一杯でした。しかし、常に笑顔で接客しているうちに常連のお客様との会話が弾むようになり、私の中で段々と自信がついてきました。

資格・インターンシップ等	趣味・特技
【資格】日本語能力試験N1級、ビジネス検定 2級 【免許】普通自動車第一種運転免許	【趣味】野球観戦 【特技】ヘアアクセサリーづくり

自己PR
私の長所は何事にもチャレンジし、最後まで諦めず、一生懸命努力するところです。学生時代、マラソン大会に参加したことがあります。最初は単純に長距離をひたすら走るだけでいいと思っていましたが走るにつれて諦めたくなりました。それでも諦めず、最後まで頑張った末、コースを完走することができました。私はそのマラソンを通じて自分の限界を乗り越えた気がして誇りに思っています。

その他自由記述欄
99%「NO」と言っても1%の可能性があれば「YES」と信じ、あきらめず挑みます。何事にも挑戦し、最後まで頑張ります。

※ 黒インク、楷書、算用数字で記入すること

自我介紹範例 中譯→ p162

寫下你自己的故事，
內容要簡潔有力！

千萬不能空著不寫，建議寫出個人目標！
記得繳交時絕對不能出現空白的欄位！

寫履歷的過程中，很有可能會寫錯字。因此建議先用鉛筆寫過一遍後，再換成原子筆填寫。寫完後別忘了要用橡皮擦把鉛筆筆跡擦乾淨。另外，在證件照後方寫名字時，也要特別注意避免沾到原子筆的墨水、或是字體糊掉。在各位意想不到的地方，可能會讓人留下好的印象、或是不好的印象。因此請特別留意這些地方，真心誠意撰寫履歷表，相信一定能被錄取。

面試服裝，該怎麼穿才好？

當你收到「恭喜您通過書面審查」的通知後，想必腦海中第一個浮現的想法就是「啊，該穿什麼去面試？該弄什麼髮型才好？該穿什麼鞋子去呢？」

就由我來幫各位解決所有煩惱，讓各位能把注意力放在面試上！尤其是從未面試過的朋友，以及在台灣有面試經驗，卻沒有在日本面試過的人，都務必要看本篇章！

各位知道日本的「求職專用套裝」嗎？所謂的求職專用套裝（リクルートスーツ），由「recruit ＋ suit」組合而成，指的是展開求職活動的學生在造訪公司，或參加就職考試時，穿著的整齊劃一的套裝。有時也會簡稱「リクスー」或「就活スーツ」。既然會出現「求職專用套裝」一詞，就表示這是準備就業的人不可或缺的服裝。

右方為面試服裝穿搭重點，針對的是在日本當地面試一定要注意的部分。
請特別留意，千萬不能像在台灣面試一樣，穿著展現個人特色的套裝去參加日本當地的面試或徵才說明會，這樣可能會慘遭滑鐵盧！

請準備好在日本當地面試的求職專用套裝，等待錄取通知的來臨吧！

臉部（男）
- 若臉上有痘痘或泛紅，建議可以薄擦 BB 霜遮瑕。
- 務必要處理鬍子和鼻毛！

襯衫（男）
- 一般會穿著白襯衫，或是淺淺的天空藍襯衫，建議選擇適合本人膚色的顏色。
- 確認沒有摺痕或污漬！

領帶（男）
- 選擇本人適合的顏色，素色或條紋領帶。
- NG！圓點、全黑、全白、針織材質的領帶。

西裝（男）
- 一般會穿著黑色西裝，也可以選擇灰色、或深藍色的西裝。
- 選擇上方有兩顆、或三顆鈕扣的西裝外套。若有三顆鈕扣，只要扣上面兩顆即可，最後一顆可以不扣。
- 確認沒有摺痕或污漬！

包包（男）
- 黑色、棕色、或深藍色的公事包，包款採簡約設計。
- NG！有過多裝飾的包包、高級名牌包。

襪子（男）
- 黑色、深灰色、深藍色的過腳踝長襪。
- NG！露出腳踝的襪子、白色襪子、設計款襪子。

髮型（男）
- 簡單俐落、乾淨的造型。
- 露出眉毛，並注意鬢角不宜過長！

鞋子（男）
- 黑色、棕色，風格簡約的皮鞋。
- 確認是否有把皮鞋擦得光亮！

髮型（女）
- 長髮的人要盤起來或綁馬尾，看起來乾淨俐落；短髮的人要用髮膠固定頭髮，並把兩側的頭髮塞至耳後，不要讓它們掉下來。

鞋子（女）
- 風格簡約的黑色尖頭跟鞋、或皮鞋。
- NG！鞋跟過高、細跟高跟鞋

妝容（女）
- 自然妝感，讓人留下深刻的印象。
- NG！濃妝艷抹。

飾品（女）
- 盡可能不要配戴項鍊，耳環要選擇帶有珍珠或小鑽的貼耳耳環。耳環的設計不可過於華麗，更不能配戴垂墜耳環。

襯衫（女）
- 一般會穿著有領子的白襯衫，也可以選擇淺淺的天空藍、淡粉色襯衫，建議選擇適合本人膚色的顏色。
- 確認沒有摺痕或污漬！

套裝（女）
- 一般會穿著黑色套裝，也可以選擇灰色、或深藍色的套裝。
- 一般會穿著上方有兩顆、或三顆鈕扣的外套，但如果應徵的是 IT 產業，也可以穿著只有一顆鈕扣的外套。
- 下半身一般會穿著短裙，也可以選擇穿西裝褲。

包包（女）
- 沒有花紋、且設計簡約的黑色公事包。
- NG！有過多裝飾、顏色過於華麗的包包、高級名牌包。

褲襪（女）
- 膚色或咖啡色褲襪。務必確認是否有脫線或破洞！（建議多帶幾雙以防萬一）
- NG！黑色、深色內搭褲。

絕對不可輕忽的面試禮儀

面試中最為重要的部分便是「第一印象」分數，應徵者的表情、服裝、還有整體印象都是決定第一印象的關鍵。那麼，各位要怎麼在短短幾分鐘的面試中發揮自己最大的優點呢？錄取與否的關鍵可能就藏在各位意想不到的地方。

現在就由我來告訴各位容易忽略的「出乎意料的點」，讓你避免因為小小的失誤沒被錄取。請在面試前一天就當成面試已經開始，練習一下「形象訓練」吧。

面試前一天

1. 將面試必備的東西準備齊全！

• 身分證明

最重要的東西就是身分證明。如果沒帶身分證明，就沒辦法確認本人身分，因此請務必再三確認。一不小心連面試都無法參加的話，你一路以來準備的一切，以及你所付出的努力，全都會付諸東流。在日本當地面試時，要記得帶護照；若是在台灣面試，則要記得帶身分證、駕照、或是護照。
※ 有些地方不能用學生證證明身分，因此請務必攜帶公司要求的身分證明，或是前方提到的三種證件之一。

• 確認服裝、鞋子、包包是否是乾淨的，還要準備好手錶。

現代人習慣使用手機，因此平常並沒有戴手錶的習慣。但是去面試的時候，請務必要戴手錶。

• 需要繳交的資料

很多企業會要求在面試當天繳交畢業證明書、經歷證明書、或語言學習證明書，因此請務必提前確認需要帶的資料。

2. 面試演練！

• 確認最近的新聞、面試公司的最新消息。

上網瀏覽近期的政治、經濟、社會議題、匯率等。建議可以從最新的新聞中挑選一個議題，記下相關內容。另外，別忘了上面試公司的網站，確認一下最新消息。

• 確認去面試場地的交通方式。

搭乘大眾交通工具前往時，請提前確認地鐵或巴士的車程時間。

面試當天

1. 遲到是大忌！

• 絕對不能遲到。

任誰都無法信任一個不守時的人，因此面試當天是絕對不容許遲到的。建議考量交通狀況等變數，提前 30 ～ 40 分鐘抵達現場，好讓自己能從容迎接面試。請務必把下車的那一刻當成面試開始的時間。

2. 檢查服裝儀容！

• 確認是否乾淨整齊。

即使在家裡整裝完畢出發，路途中仍可能有鞋子弄髒、髮型亂掉的情形發生。女生則可能會碰到褲襪脫線的情況，因此在踏進面試場地之前，請務必仔細確認。

3. 確認手機狀態！

• 關閉手機電源

包包通常會放在面試等候室內，但是建議還是將手機關機尤佳。當你進去面試間後，若電話突然響鈴或振動，會打擾到其他等待面試的人，因此請務必確認手機為關機狀態。

面試準備

附錄

4. 進入面試間

• 敲門

利用手腕關節的力量,輕敲 2～3 次門。另外,記得保持微笑,放鬆心情。在聽到「どうぞお入りください」之前請耐心等待。

• 開門之後把門關上

聽到「請進」時,先不要馬上開門,而是等個 1～2 秒後,說出「失礼します」同時帶著微笑慢慢打開門。進入面試間後,請背對著面試官把門帶上。千萬不要正對著面試官,把手伸到後方關門。請往旁邊移動一小格後,再輕輕關上門。

• 打招呼

面帶微笑並保持端正的姿勢,說「よろしくお願いいたします」向面試官問好。

• 自我介紹

請慢慢地往椅子的方向走。在坐下之前,先站在椅子旁邊,面帶微笑說出「受験番号○○○番と申します」稍微簡單的自我介紹。

• 入座

自我介紹完後,會聽到面試官說「どうぞお座りください」。此時請面帶微笑回應「失礼します」再就坐。

面試準備

附錄

4. 離開面試間

• **面試結束**

當面試官說出「これで終わります」時，請坐著並低頭說聲「ありがとうございました」，對於能夠參加面試表達感謝之意。

• **致謝**

從椅子上站起來後，請稍微看一下面試官的眼睛，彎腰致謝「ありがとうございましたよろしくお願いいたします」。之後再慢慢往門的方向走。

• **離開前再次示意**

請站在門的前方，再次帶著微笑向面向面試官說出「失礼します」，向對方做最後的問候。

• **開門之後把門關上**

開門出去之後，跟進來時的方式類似。請看著面試官的眼睛，慢慢地關上門。要注意不要發出聲音，而且要用兩手恭敬地關門。

• **不能馬上鬆懈下來**

即使已經走出面試間，也不代表面試就此結束。因為你沒辦法確定之後會在什麼地方碰到什麼人，所以最好避免在洗手間、面試等待室打電話，或是與其他面試者討論面試內容。

另外，即使走出公司，也請盡量避開以下行為：三三兩兩聚集在咖啡廳、或餐廳內討論面試內容，或是在公司附近抽菸。希望各位能記住，即是面試已經成功落幕，前述這些看似微不足道的行為，仍有可能影響錄取結果。

これで終わります

ありがとうございました

ありがとうございました
どうぞよろしく
お願いいたします

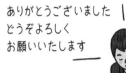

失礼します

NG　　NG

所謂「郷に入っては郷に従え」，指的是「入境隨俗」。也許你不太能接受前述這些內容，甚至會認為「有必要要做到這種程度嗎？」。但是如果你是以在日本、或日商企業工作為目標的話，最好還是遵從日本的方式和文化尤佳。

雖然在台灣比較重視個人特色，但是在日本做出過於搶眼、或是異於他人的行為時，反而一不小心就會被當成「変わってる人」（怪人），因此希望你能將這點銘記在心。

日文完整呈現出日本的文化，相信有學過日文的各位，多少會有點共鳴。記住在日本不宜過於表現自己，重要的是「有所克制」。各位不妨以這個方向來準備面試，盡可能以謙虛的姿態，從中思考吸引面試官注意的方法。

現在，各位都已經做好萬全的準備，就只等著被錄取了！

面試實戰
演練筆記

在面試之前，請藉由形象訓練，
針對面試中可能出現的考題練習回答。

面試中常考的 21 個問題

自我介紹與個人資訊

1. 簡単に自己紹介をお願いします。

2. 自分だけのストレス解消法はありますか？

3. あなたはリーダーシップがあると思いますか？

4. 尊敬する人物について話してください。

1. 麻煩你簡單地自我介紹。

2. 有沒有你個人的壓力排解方法？

3. 你認為你有領導能力嗎？

4. 請談談你尊敬的人。

個性與人生觀

5. ご自身の短所と長所について話してください。

6. あなたの人生のモットーは何ですか？

7. あなたが好きな一言は何ですか？

5. 請敘述自己的缺點跟優點。

6. 你的人生座右銘是什麼？

7. 你喜歡的一句話是什麼？

學校生活

8. 専攻を選んだ理由は何ですか？

9. 大学時代の特別な経験を持っていますか？

10. 卒論のテーマは何ですか？

8. 選擇主修的理由是什麼？

9. 大學時代有沒有特殊的經驗？

10. 畢業論文的題目是什麼？

興趣與專長

11. あなたの趣味は何ですか？

12. あなたの特技について話してください。

11. 你的興趣是什麼？

12. 請敘述你的特長。

業務能力

13. 日本語を勉強する上で、困難なことがあった時はそれをどう乗り越えましたか？
14. 仕事に関係のある業務経験はありますか？
15. 採用されたら、どのような部署で勤務したいですか？

13. 學習日語方面，有困難時你怎麼克服？
14. 有沒有和工作相關的工作經驗？
15. 若被錄用，你想在什麼樣的部門工作？

報考動機與抱負

16. なぜ、当社を志望しましたか？
17. 専攻と志望した分野が違う理由は何ですか？
18. 当社と他社に同時に合格したら、どうしますか？

16. 為什麼志願到本公司？
17. 主修和志願領域不同的理由是什麼？
18. 若同時錄取本公司和他家公司，你會怎麼做？

日本時事

19. あなたが思う日本はどんな国ですか？
20. 最も興味を持っている日本の政治イシューは何ですか？
21. 最も記憶に残る日本の文化的な要素は何ですか？

19. 你認為日本是甚麼樣的國家？
20. 你最感興趣的日本政治議題是什麼？
21. 印象最深的日本文化要素是什麼？

面試實戰演練（自我介紹）

請參考下方範例，並針對面試官的提問，填入你自己的回答。

範例　　　🎧 226

面接官：お名前は何ですか。

わたし：私の名前は金潔君です。

面接官：あなたは何歳ですか。

わたし：私は 26 歳です。

面接官：今、どこに住んでいますか。

わたし：現在、台北に住んでいます。

面接官：あなたはどこの大学を卒業しましたか。

わたし：台湾大学を卒業しました。

面接官：大学の専攻は何ですか。

わたし：私は日本語を専攻しました。

面接官：その専攻を選んだ理由は何ですか。

わたし：私は外国語を勉強するのが好きで日本語を専攻に選び、日本語だけでなく、日本の経済と政治全般に関する知識も身に付けました。学校で学んだ有用な知識を業務に活かしたいと思っております。

面試官：請問大名？

我　　：我的名字是金潔君。

面試官：你幾歲？

我　　：我 26 歲。

面試官：現在住哪裡？

我　　：現在住在台北。

面試官：你是哪裡的大學畢業的？

我　　：我畢業於台灣大學。

面試官：大學的主修是什麼？

我　　：我主修日語。

面試官：選擇這個主修的理由是什麼？

我　　：我喜歡學習外文，因此選擇主修日語，不僅是日語，也學習到日本經濟及所有政治相關的知識。我想將在學校所學有用的知識應用在工作上。

面接官：お名前は何ですか。

わたし：

_____

面接官：あなたは何歳ですか。

わたし：

_____

面接官：今、どこに住んでいますか。

わたし：

_____

面接官：あなたはどこの大学を卒業しましたか。

わたし：

_____

面接官：大学の専攻は何ですか。

わたし：

_____

面接官：その専攻を選んだ理由は何ですか。

わたし：

_____

範例　🎧 227

面接官：あなたの特技は何ですか。(Unit 5-2)	面試官：你的特殊專長是什麼？
わたし：日本語です。大学時代、日本で1年間語学留学をしながら、多くの日本人と友達になりました。台湾に戻ってからは日本語能力試験 (JLPT)N1級を取得しました。	我　　：日語。大學時代在日本語言學校留學一年期間，和許多日本人成為了朋友。回到台灣後取得了日本語能力檢定測驗一級合格。
面接官：当社についてどれくらい知っていますか。	面試官：關於本公司你了解多少？
わたし：御社は「人材第一」という企業理念を基に優秀な人材を積極的に取り入れ、育成しています。この企業理念は国内でのビジネスを拡大するのに決定的な役割を果たしていると思います。	我　　：貴公司以「人才第一」的企業理念為基，積極地採納、培育優秀的人才。我認為這樣的企業理念在國內擴展商業上發揮了決定性的效果。
面接官：なぜ、当社を志望しましたか。	面試官：為什麼希望進本公司？
わたし：御社は海外営業分野で最も競争力のある会社だと思い、志望いたしました。	我　　：我認為貴公司是海外營業領域最有競爭力的公司，因而希望進貴公司。

面接官：あなたの特技は何ですか。

わたし：＿＿＿＿＿＿＿＿＿＿＿＿＿＿＿＿＿＿＿＿＿＿＿＿＿＿

＿＿＿＿＿＿＿＿＿＿＿＿＿＿＿＿＿＿＿＿＿＿＿＿＿＿＿＿＿＿＿

＿＿＿＿＿＿＿＿＿＿＿＿＿＿＿＿＿＿＿＿＿＿＿＿＿＿＿＿＿＿＿

面接官：当社についてどれくらい知っていますか。

わたし：＿＿＿＿＿＿＿＿＿＿＿＿＿＿＿＿＿＿＿＿＿＿＿＿＿＿

＿＿＿＿＿＿＿＿＿＿＿＿＿＿＿＿＿＿＿＿＿＿＿＿＿＿＿＿＿＿＿

＿＿＿＿＿＿＿＿＿＿＿＿＿＿＿＿＿＿＿＿＿＿＿＿＿＿＿＿＿＿＿

面接官：なぜ、当社を志望しましたか。

わたし：＿＿＿＿＿＿＿＿＿＿＿＿＿＿＿＿＿＿＿＿＿＿＿＿＿＿

＿＿＿＿＿＿＿＿＿＿＿＿＿＿＿＿＿＿＿＿＿＿＿＿＿＿＿＿＿＿＿

＿＿＿＿＿＿＿＿＿＿＿＿＿＿＿＿＿＿＿＿＿＿＿＿＿＿＿＿＿＿＿

面試實戰演練

附録

159

範例　　🎧 228

面接官：当社があなたを採用したら、会社のために どんな努力をしますか。(Unit 7-3)

わたし：もし、御社に採用されたら真面目に働き、会社の企業文化に馴染めるように努力するつもりです。短期的な目標としては企業の利益を出すことに貢献することで、長期的な目標は会社と共に自分も成長していくことです。

面試官：	若被本公司錄取，你會為公司做什麼樣的努力？
我 ：	若被貴公司錄取，我會認真地工作，努力融入公司的企業文化。短期目標是為公司獲利做出貢獻，長期目標是自己和公司同步成長。

面接官：あなたの長所は何ですか。(Unit 3-3)

わたし：私の長所はポジティブで何事にも積極的に楽しく取り組むところです。

面試官：	你的優點是什麼？
我 ：	我的優點是積極正向，對什麼事都會積極樂觀進取。

面接官：最後に何か質問、または言いたいことはありますか。

わたし：最善を尽くして御社の発展に寄与し、自分の能力を発揮して業務に集中するように頑張りたいと思います。どうぞよろしくお願いいたします。

面試官：	最後你有什麼問題，或者想說的話嗎？
我 ：	我會盡我所能為貴公司的發展做出貢獻，並發揮自己的能力專注投入於工作上。請多多指教。

面接官：当社があなたを採用したら、会社のためにどんな努力をしますか。

わたし：

_____

_____

_____

面接官：あなたの長所は何ですか。

わたし：

_____

_____

_____

面接官：最後に何か質問、または言いたいことはありますか？

わたし：

_____

_____

_____

面試實戰演練

附錄

範例

自己紹介まとめ

🎧229

こんにちは、はじめまして。私は金潔君と申します。26歳です。現在台北に住んでいて、台湾大学日本語学科を卒業しました。私は外国語を勉強するのが好きで日本語を専攻に選び、日本語だけでなく、日本の経済と政治全般に関する知識も身に付けました。学校で学んだ有用な知識を業務に活かしたいと思っております。

私の特技は日本語会話です。大学時代、日本で1年間語学留学をしながら、多くの日本人と友達になりました。台湾に戻ってからは日本語能力試験 (JLPT) N1級を取得しました。

御社は「人材第一」という企業理念を基に優秀な人材を積極的に取り入れ、育成しています。この企業理念は国内でのビジネスを拡大するのに決定的な役割を果たしたと思います。そして御社は海外営業分野で最も競争力のある会社だと思い、志望いたしました。

私の長所はポジティブで何事にも積極的に楽しく取り組むところです。もし、私が御社の一員となりましたら、私の長所と能力を業務に集中させ、御社の発展に寄与できるように最善を尽くしたいと思っております。頑張りますので、どうぞよろしくお願いいたします。

　　你好，初次見面。我叫金潔君，二十六歲。現在居住在台北，畢業於台北大學日本語文學系。我因喜歡學習外語，選擇了日語為主修，不僅是日語，也學習到日本經濟及所有政治相關的知識。我想將在學校所學有用之知識運用於工作上。

　　我特長是日本會話。大學時代，在日本語言學校留學一年的時間，和許多日本人成為了朋友。回到台灣後便通過了日本語能力檢定測驗 N1。

　　貴公司以「人才第一」的企業理念為基石，積極地採納、培育優秀人才。我認為這樣的企業理念在國內商業擴展上發揮了決定性的效用。並且貴公司是海外營業領域最具競爭力的公司，因而志願於此。

　　我的優點是積極正向，對於什麼事都積極樂觀進取。如果我成為貴公司的一員，我會將我的優點及能力專注於工作上，盡我所能為貴公司的發展做出貢獻。我會努力，請多多指教。

實戰演練

自己紹介まとめ

自我介紹

＊先在此處用中文寫下自我介紹，再嘗試用自然的日文在左頁完成自己的「自己紹介まとめ」。

自己紹介書

研究課題または興味ある科目	
学生時代に力を注いだこと	
資格・インターンシップ等	趣味·特技
自己PR	
その他自由記述欄	

履歴書・自己紹介書

年　　月　　日現在

ふりがな		性別
氏　　名	印	
生年月日	年　　月　　日生(満　　歳)	
ふりがな		
現住所	〒	
	TEL(　　)　　－　　　　携帯電話　　　－　　　－	
E-mail		
緊急連絡先または帰省先　　TEL(　　)　　－		

この部分だけのりづけ

写　真
(3 x 4)

写真の裏面に
氏名を記入すること。

学歴・職歴

年	月	学　歴　・　職　歴

自己紹介書

研究課題または興味ある科目

学生時代に力を注いだこと

資格・インターンシップ等	趣味・特技

自己PR

その他自由記述欄

※ 黒インク、楷書、算用数字で記入すること